記憶喪失の公爵は
幼馴染み陛下に溺愛され
二度目の初恋におちる

記《き》憶《おく》喪《そう》失《しつ》の公《こう》爵《しゃく》は幼《おさな》馴《な》染《じ》み陛《へい》下《か》に溺《でき》愛《あい》され二《に》度《ど》目《め》の初《はつ》恋《こい》におちる

藤《ふじ》崎《さき》 都《みやこ》

ILLUSTRATION：北《きた》沢《ざわ》きょう

記憶喪失の公爵は幼馴染み陛下に溺愛され二度目の初恋におちる

LYNX ROMANCE

CONTENTS

007 記憶喪失の公爵は幼馴染み陛下に溺愛され二度目の初恋におちる

254 あとがき

記憶喪失の公爵は幼馴染み陛下に溺愛され二度目の初恋におちる

1

「これが僕、なんだよね……」

寝台の上で体を起こし、手鏡を見つめる。そこに映っているのは、緩く波打った赤毛に淡い緑色の瞳の不安げな青年だった。

愁いをたたえた瞳を縁取る睫毛《まつげ》は長く、緩い弓なりの眉が柔和な印象だ。数日前まで紙のように白かった肌には、だいぶ血の気が差してきている。

丸みを帯びた頬《ほお》や薄紅色の小さな唇は何度見ても見慣れないが、鏡に映っている以上、間違いなく自分の顔なのだろう。

名前はツェレン・ツェツェグ。先月、二十二歳になったばかりらしい。

らしいというのは、その自覚がないからだ。悪夢に魘《うな》され、息苦しさに目を覚ましたときには、以前のことを何も覚えていなかった。

医師の診断によると、いわゆる〈記憶喪失〉だそうだ。

未だに現実感が湧かないのは、目覚めてからしばらく熱が下がらず夢と現《うつつ》の状態を行ったり来たりしていたせいもあるかもしれない。

食事をしたり、着替えたり、顔を洗ったりという日常的なことはできるし、道具の名称や使い方などもわかる。社会的な知識もかなり残っているようだ。

なのに、〈人物〉に関する記憶が一切思い出せない。自分やその周辺の人たちの思い出が特に真《ま》っ新《さら》で、それに紐《ひも》づくこと全てがおぼろげだった。

家族、友人などの概念は覚えているのに、それがどんな人たちだったかがわからないし、顔を合わせても初対面にしか思えない。

無理に思い出そうとすると、濃霧のような靄《もや》が頭の中に満ちる。

喩《たと》えて云《い》うなら、世界から切り離され、新しい人格を与えられて知らない物語の中に放り込まれたような感覚だろうか。

目を覚ましたはずなのに、未だに悪夢の続きを見ているかのようだった。

「ツェレン、体調はどうだ？」

扉を叩《たた》く軽やかな音に続けて聞こえた声に、ぱっと顔を上げる。

彫刻の飾りが入った扉を開けて部屋に入ってきた彼の顔が目に入った瞬間、ツェレンの胸が大きく高鳴った。

「ディル……！」

思わず彼の名を呼ぶ声が弾んでしまう。

我ながら感情が漏れすぎだったような気がして、恥ずかしくなった。自分の顔を見るために手にしていた手鏡を枕元に置き、居住まいを正す。

前言を訂正するべきかもしれない。自分の身に起きたことは〈悪夢〉かもしれないが、現状はそれほど苦しい状況ではない。それは偏《ひとえ》に彼のお陰だ。

「今日は起きていても大丈夫なのか？」

体を起こしているツェレンを見て、ディルは心配そうに寝台の傍《そば》に歩み寄る。

さらりとした金髪に金色の瞳が印象的なすらりとした長身の彼は、ディルという。目覚めてから受けた説明によれば、三つ年上の彼はツェレンの幼馴染みで兄のような存在らしい。

（むしろ絵本に出てくる王子様みたい）

力強い眉の間からすっと通った鼻筋に、意志の強そうな切れ長の大きな目。よく見ると下睫毛のほうが長く愛嬌《あいきょう》がある。頬骨の位置は高く、顔の輪郭も完璧だ。

まるで芸術品のように整った顔立ちはともすれば気難しそうに見えてしまいそうだけれど、ツェレンの前ではいつもこうやって穏やかな笑みが浮かべられている。

一番印象的なのは、金色の瞳だ。光が入るとキラキラと乱反射して宝石みたいな輝きを見せる。特にツェレンを見つめる眼差《まなざ》しは慈しみ深く、暖かい。

「はい、朝から調子がいいんです」

なかなか熱が下がらなかったけれど、この数日はだいぶ調子がよくなってきている。

ツェレンを気遣ってくれるディルに少しでも心配をかけずにすむよう、どんなに食欲がなくてもできる限りの食事をし、苦い薬も積極的に飲んだ。

そのお陰か、昨日から助けを借りずに体を起こせるようになってきた。

「だからと云って、無理はするなよ。また熱がぶり返したりしたら大変だからな。まだ原因は特定できていないんだ。用心するに越したことはない」

「そう、ですよね」

ツェレンが倒れたのは、手違いで毒物が混入した葡萄酒《ぶどうしゅ》を飲んだことがきっかけらしい。

記憶を失う毒など聞いたこともなかったけれど、稀少《きしょう》な植物や未知の生き物の中には、まだ解明されていない作用の物質が存在すると云われている。

葡萄から酒が造られるように、環境によって変化することもある。そういった偶然が〈毒〉を発生させた可能性も考えられる。

その葡萄酒を調べているのだそうだが、いまのところ検出されているのは一時的に意識を混濁させる程度のものだけらしい。

いまの技術では特定する方法のない毒薬も存在するとのことで、さらに詳しく分析しているそうだ。

「あと、そんな他人行儀な話し方じゃなくていいって云ってるだろ？」

「あっ、すみません……じゃなくて、ごめん。ちゃんと気をつけるよ」

ディルの指摘に肩を竦《すく》める。ツェレンが目を覚ましてから、ディルは本当に甲斐甲斐《かいがい》しく面倒を見てくれている。恐らく、高熱に浮かされている間もずっと。

最初のうちは初対面の——本当は旧知の仲らしいが——年上の男性の手を煩わせることに戸惑いを感じた。

『そんなに気兼ねしなくていい。俺たちは兄弟みたいに育った気の置けない間柄だったんだからな』

そう云われてから、できるだけ他人行儀にならないよう心がけている。それに、砕けた言葉遣いにも慣れてくれれば、何か思い出せるようになるかもしれない。

「それは？」

ふと、ディルが手にしているものが目に入った。

「ああ、これか。庭でよく咲いてたから摘んできた。いい香りだろう？　君の好きな花だ」

ディルは薄黄色の花を生けた小ぶりの花瓶を寝台の脇の机に置いた。

「僕のために？　ありがとう、ディル」

花に顔を近づけて大きく息を吸うと、甘く爽やかな香りが鼻腔《びこう》を擽《くすぐ》った。覚えていないはずなのに、何故《なぜ》か好きな香りだということはわかる。

「……これが僕の好きな花なんだね」

好きな花を覚えていてくれて、外に出られないツェレンにこうして届けてくれるディルの優しさにじんわりと胸が熱くなった。

（どうしてこんなにドキドキするんだろう）

彼がやたらと素敵で格好いいせいもあるだろうけれど、それだけでこんなに心臓が高鳴るだろうか。

悪夢から逃れるように目覚めたとき、最初に目に入ったのは彼の横顔だった。手を握り合わせ、祈るような面差しだったことをよく覚えている。

しばらく見つめていたら、ツェレンが目を覚ました気配に気づいてこちらに視線を向けた。そうして目が合った瞬間、ディルは輝くような笑顔を浮かべたのだ。

——おはよう、ツェレン。よく眠ってたな。

あの瞬間、ツェレンは胸を撃ち抜かれ——それからずっと彼に対して落ち着かない気持ちでいる。

目が合った一瞬で惹《ひ》かれたのか、それとも、記憶を失う前からずっと好きだったのか？　いまのツェレンには知る由もない。

目覚めたあと、ディルに見蕩《みと》れている自分に気づいて我に返ったあと、ツェレンは疑問を口にした。

『あの、あなたは誰ですか？』

『君が冗談を口にするなんて珍しいな』

『冗談？　あなたとは初めて会いますよね……？』

笑いかけていたディルの眉が寄り、愕然《がくぜん》とした表情になってしまったのが忘れられない。

『どうしたんだ、ツェレン。俺のことがわからないのか？』

『ツェレン……というのは、僕のことですか？　あれ？　何でわかんないんだろう。どうして僕はここに？　一体、何があったんですか？』

『もしかして、記憶が――』

あのあと、慌ただしく医師が呼ばれ、ツェレンは〈記憶喪失〉だと診断を下されたというわけだ。

目を覚ましたはずなのに、まだ夢の中にいるようだ。悪夢を見ている気分なのは、ディルも同じだろう。

「少しでも調子が悪いと思ったら、すぐに俺を呼ぶんだぞ。軽い咳《せき》だって、どんな病気に繋《つな》がってるかわからないんだからな」

「体のほうは本当に大丈夫そうだから安心して。頭のほうはまだダメみたいだけど……」

自分の体が快方に向かっているのは肌で感じている。ただ、体調がよくなり、考える余裕が出てきたことで、記憶が戻らない不安が大きくなってきていた。

(早く思い出せたらいいのに……)

自分が何者かわからないことで、こんなにも心許《もと》なくなるとは。それでも寄る辺ない気持ちにならずにすんでいるのは、偏にディルのお陰だ。

まるで家族のように親身になって支えてくれる彼がいなければ、底知れない不安に耐えきれなかっただろう。

「焦りは禁物だ。無理に思い出そうとしなくていい。いまはまず体調を整えることに専念しよう。記憶がなくて不安な気持ちもあるだろうが、俺がついてるだろう？」

ディルは無意識に上掛けを握りしめていたツェレンの手を包むように、自分の手をそっと重ねた。不意の接触に心臓が大きく跳ねたけれど、手の平の温かさが胸に染みる。

「ごめんね、ディル。迷惑ばっかりかけて……」

「謝ることなんてない。むしろ、普段は俺のほうが世話を焼いてもらっていたくらいだ。そのお返しのようなものだと思えば、当分返しきれそうにないな」

「お返し？　僕がディルのお世話？」

ディルの言葉が信じられず、訊《き》き返してしまう。自分がそんなことをしていたなんて、想像すらできない。

「俺には無神経で気が回らないところがあるんだが、それを君が助けてくれてたんだ。人間関係が上《う》手《ま》く回っていたのは君のお陰だよ」

「ディルが無神経？　そんなの信じられない」

ツェレンに対しては細部まで気にかけてくれていて、自分でも気づかないところまで手助けしてくれている。

「君ならどうするだろうと考えて動いているだけだよ。まあ、最初は俺が世話係だったんだけどな。云っただろう？　君が初等科に入学したときに出逢《であ》ったって」

「ディルが三つ上の上級生で僕のお世話係になったんだよね？」

ツェレンが熱に浮かされている間、ディルは昔話を聞かせてくれた。

自分たちが通っていた学園には寮があり、年少の生徒が入寮する場合は年上の生徒と二人一組で同室となる。

そして、学園生活に慣れるまで年長者が年少者の面倒を見るという制度があるそうだ。

そうやって出逢った自分たちは馬が合い、世話係の役目が終わったあとも同室を希望するくらい親しくなったらしい。

「あのとき俺は九歳だったから、十六年のつき合いになるな。幼馴染みのような兄弟のような——一番の親友だよ」

「そ、そうなんだ」

意識している相手から、そんなふうに云われるとむず痒《がゆ》い気持ちになる。一番の親友だなんて、最上級の賛辞ではないだろうか。

「君にとって俺は出逢ったばかりの人間だから不安もあるだろうけど、信頼してもらえるよう精一杯努めるよ」

「不安なんてそんな！　ディルが誠実な人だって、初めて目を見た瞬間にわかったよ」

「本当に？　そう云ってもらえると嬉《うれ》しい」

はにかむような微笑《ほほえ》みに、ぎゅっと胸を締めつけられる。

「ねえ、ディルが僕と初めて会ったときはどうだった？」

「君が六歳の頃のことか？　そうだな、新入生の中でもとくに小さくて、ぶかぶかの制服が可愛《かわい》かったよ」

「もしかして、その頃からあんまり成長してないの？　ディルに比べたら大人と子供みたいだし、ずっと寝てたせいか全然筋肉ないし……」

ツェレンは歳《とし》のわりには小柄で手足も細い。二十二歳を迎えた成人男性にしては些《いささ》か頼りないような気がする。

棒のような腕や薄っぺらい胸板を見ると悲しくなる。ディルのように逞《たくま》しくなるのは無理だろうが、まずは寝込まずにすむ体力をつけたい。

「そんなことはない。充分成長してる。一年の頃は家族から離れて暮らす緊張もあったのか、病気がちでよく熱を出してたよ。一晩つきっきりで看病したこともあった。でも、いまじゃ風邪一つひかない健康体だ」

「そうだったんだ。いまさらかもしれないけど、小さい僕の面倒を見てくれてありがとう」

「どういたしまして。けど、気がついたら俺のほうが世話を焼かれるようになっていたから、礼を云わなければならないのは俺のほうじゃないかな」

「うーん、やっぱり僕がディルの面倒を見てるところなんて想像つかないよ」

「君は真面目で勉強家で頑張《がんば》り屋で、誰にでも分け隔てなく親切で誰からも好かれてる。博識だから、仕事でも一目置かれてるしな。強いて云えば、自分のことを疎《おろそ》かにしがちなところが玉に瑕《きず》だな」

ディルからの高評価に驚いてしまう。ツェレンを励ますために大袈裟《おおげさ》に云っているのかもしれない。

思い出話を聞けば聞くほど、以前の自分が羨《うらや》ましく、覚えていないことが悔しかった。

「学校はもう卒業してるんだよね？　僕、いまはどんな仕事をしてるの？」

「王族の侍従だ。身の回りの世話とか公務の調整とか……まあ、執事の仕事に近いな」

「侍従！　そんなすごい仕事してたなんて信じられない」

何となく思い出せる知識では、侍従は成績優秀で身分のある家の子弟しか採用されないはずだ。記憶を失う前のツェレンは、想像以上に優秀だったのかもしれない。

「ディルの仕事は？」

「俺？　俺は国を守る職についてる」

「すごい！　近衛《このえ》師団に所属してるってこと？」

「うん、まあ、そんなところかな」

近衛師団とは王宮や王都の警護を司《つかさど》っている部署のことだ。

確か国王直属の組織で、そこに入るには狭き門を潜《くぐ》らねばならない。体力、武力だけでなく、知識や人柄も審査されるということだ。

「あれ？　じゃあ、ディルは仕事に行かないといけないんじゃ――」

確か交代制の勤務のはずだが、ツェレンの知る限り彼が出かけることはほとんどない。目を覚ますと、大抵ツェレンの傍にいるし、夜も眠るまで見守ってくれている。

「大丈夫だよ、ツェレン。いまは仕事を減らしてもらってるんだ」

「もしかして、僕のために？　どうしよう、周りに迷惑かかってるんじゃ……」

近衛師団は国王のための組織だ。国王の命《めい》で国と国王のために働く。ディルのような有能な人間はきっと重要な任についているに違いない。

それなのに、ただの友人であるツェレンのために仕事を制限させていたなんて申し訳なさすぎる。

「誰だって体調が悪いときはあるし、子育てや家族の介護なんかがあったりするだろう？　だから、勤務態勢は融通が利くようになってるんだ。毎日職場に顔を出すようにはしてるし、周りの理解もあるしな」

「え、そうなの？　いつ出かけてたの？」

毎日職場に行っていると聞き、疑問に思う。

ツェレンが目を覚ますと、いつもディルが傍にいた。時折、留守にすることはあっても長時間の外出は皆無だ。

「ほとんど、朝方だな」

「じゃあ、僕が眠っている間に仕事してたってこと？　そんな大変なことしてたんだ……」

「いまはほとんど書類仕事だから、早い時間は静かで仕事が捗《はかど》るんだよ。ちゃんと休憩も取ってるから心配しなくていい」

ディルはそう云うけれど、無理をしているのではないだろうか。

自分のことすらわからない不安に押し潰されずにすんだのは、彼が見守ってくれていたお陰だ。感謝してもし足りない。どうやって、恩義を返せばいいだろうか。

申し訳なさに気落ちしていると、コンコンと扉を叩く音がした。

「バトゥか？」

「失礼します。ディル様、ツェレン様、ナイダン先生がいらっしゃいました」

白髪交じりの焦げ茶の髪を後ろに撫《な》でつけた初老の男性が部屋に入ってきた。彼はバトゥといい、ディルの執事だそうだ。

多忙な両親に代わり、ディルは彼に育てられたと聞いている。この屋敷に頻繁に出入りしていたツェレンのことを幼い頃からよく知っているらしい。

この屋敷には幼少期から遊びにきていたらしく、使用人たちもツェレンの馴染みだそうだ。

ディルが不在のときはバトゥに何でも云いつけるようにと云われている。

彼はツェレンと目が合うとにこりと微笑み、小さく会釈をする。そうしてから扉を大きく開け、来客を招き入れた。

ゆったりとした足取りで入ってきたのは、小柄な高齢の男性だった。白い口髭《くちひげ》に豊かな白髪を後ろで結び、生成りの長外套《がいとう》を羽織っている。

彼はツェレンの診察をしてくれている医師ナイダンだ。何でも権威ある名医で、王族の主治医でもあるそうだ。

穏やかな物腰とのんびりとした口調で、ほっとする人柄の人物だ。

「ナイダン先生、こんにちは」

「はい、こんにちは」

ナイダンはツェレンの寝台の脇まで歩いてくると、肩から提げていた革製の大きな鞄《かばん》を床に置き大きく息を吐いた。

その鞄には薬や診療道具がたくさん入っている。相当な重さのようだが、自分の大切なものだからと誰にも持たせることはないのだそうだ。

ツェレンの顔を覗《のぞ》き込んだナイダンは、にっこりと笑みを深めた。

「おやおや、ずいぶん顔色がよくなりましたね。それじゃあ、診させてもらいましょうか」

ナイダンはまずツェレンの手首を取り、脈を診る。耳の下から顎にかけて触れたあと、シャツの前を開けて、筒状の器具で胸の音を聞いた。

再び顎に手をかけられたかと思うと、下瞼《まぶた》を引っ張られ、上下に指で大きく開かれ、瞳の中を覗かれる。

「腕を伸ばしてみてください。そうです。手を握って、開いて――ふむ、体のほうは回復しているようですな。熱も下がったようですし、もう起きて動いても大丈夫でしょう」

「本当ですか？　よかったな、ツェレン！」

「え？　あ、はい」

ナイダンとは寝台の反対側に立ったディルは、心配そうにしていたけれど、ナイダンの言葉をまるで自分のことのように喜んだ。

　彼のほうを見上げると、目が合い、心臓が大きく跳ねた。ツェレンを見つめる眼差しはどこまでも優しくて温かい。

「身体的な後遺症もないでしょう。少しずつ鍛錬していってください」

「動いていいということは、外に出ても問題ないのか？」

「ええ、構いませんよ。ただ、体力も落ちているでしょうから、無理はせず激しい運動は避けて……そうですねえ、散歩くらいから始めるのがいいでしょうな。暖かくなってきたとはいえ、まだ朝晩は寒いですから体を冷やさないように」

「わかった、重々気をつけよう。ツェレン、あとで一緒に庭に出てみないか。今日は風もないし、外は気持ちいいよ」

「う、うん！　行ってみたい！」

　ディルの誘いに、気持ちがふわりと舞い上がる。たかが庭に出るだけだとわかっているけれど、〝一緒〟というだけで堪《たま》らなく嬉しい。

「熱冷ましの薬も必要ないですね。精のつくものを食べて、少しずつ日常に戻していくといいでしょう」

　もうあの苦い薬を飲まなくていいというのもほっとした。口直しの甘い飲み物を飲んでも、しばらくは舌の上に言葉では表しがたい苦みが残るのだ。

「どんなものがいいですか？　肉を食べても平気でしょうか？」

「そうですな。まずは鳥の肉をよく煮るといいでしょう。いきなり油の乗った肉を食べるとお腹《なか》がびっくりしますからね。消化しやすく調理してあげてください」

「わかりました。頼んだぞ、バトゥ」

「かしこまりました。腕を振るってツェレン様のお好きなものを用意しますのでご安心を」

　バトゥの頼もしい言葉に目を瞬《しばたた》く。

「僕の好きな食べ物を知ってるの？」

「ええ、よく存じております。楽しみにしていてください」

　バトゥはそう云って、片目を瞑《つむ》ってみせる。

　ツェレンは自分自身の好きな食べ物が何だったのかまったく覚えていない。一体、どんな食べ物を用意してもらえるのか楽しみだ。

「あとはそうですね……お風呂も明日にはもう大丈夫ですよ。そろそろさっぱりしたいでしょう？」

「本当ですか？　体は拭いてもらってたけど、早く髪が洗いたくて」

　正直なところ、風呂に入れていない状態で、これ以上ディルと接することに抵抗があったから、ナイダンの許可は嬉しかった。

（体拭いてもらったりしちゃったけど……）

　寝込んでいる間、着替えや清拭《せいしき》をしてくれたのはディルだ。熱に浮かされていたからされるがままになっていたけれど、いまとなっては恥ずかしい。

昨日からは自分でできるからと、ディルの補助を断っている。

「ただし、近くに誰かいる状態でお願いします。入ってる間に眠ってしまうと大変ですからね」

「承知した。常に俺が傍についているようにする」

ふと、ディルが表情を引き締めたかと思うと、居住まいを正してナイダンに向き合った。

「――それで、ツェレンの記憶のほうは……？」

歯切れの悪いディルの問いかけに、医師は再びツェレンの瞳の中を覗き込む。その真剣な眼差しに、否応《いやおう》なしに緊張してしまう。

あまり深刻に考えないよう心がけているけれど、やはり〝記憶〟については不安が大きい。二度と思い出せなかったらどうなるのか――えもいわれぬ恐怖が込み上げてくる。

このまま記憶が戻らなかった場合、どうやって生活をしていけばいいのか。

ディルは焦らなくていいと云ってくれているけれど、体が回復した以上、いつまでも甘えているわけにはいかないだろう。

何ができるかわからないが、成人男子として自分の食い扶持《ぶち》くらい稼がなくてはならない。しかし、いまの状態で以前と同じ仕事につけるだろうか。

ディルの話によれば、自分は博識で優秀な人物で、身分の上下なく人に好かれていたそうだ。

（……だけど、いまの僕には何もない）

思い出と云えるものは全て消え失せてしまった。ある程度の知識は残っているようだけれど、ツェレンという個人を形作る足取りは何もない。

侍従という仕事は人間関係を円滑にするのも大事な役目だ。

　再び任せてもらえるなら一から覚えていくつもりではいるけれど、そもそもツェレンのような不安要素のある人間を王族に関わらせてもらえるとは思えなかった。

「私の見解をツェレン様にお聞かせしても構いませんか？」

「体調もだいぶ回復してきた。ツェレンも自分の体の状態を知りたいだろう？」

「は、はい！　僕にも聞かせてください」

　息を殺して、ナイダンの診断の言葉を待つ。

「こういったものの専門家でないのではっきりとしたことは云えませんが、やはり何かしらの呪術がかかっている気配がありますね」

「呪術？　あの葡萄酒にかけられていたということか？　ツェレンが何も思い出せないのはそのせいなのか？」

「これはまだ私の推測でしかないのですが——葡萄酒に致死量に満たない毒薬のようなものが混入されていたでしょう？　闇の術師の用いる技法で、呪術薬というものがあると聞いたことがあります」

　ナイダンの事件性を示唆する見解を聞いたディルは表情を険しくした。二人の不穏な会話に落ち着かない気分になる。

「ねえ、ちょっと待って。呪術薬ってどういうこと？　僕は間違えて悪いものを口にしたせいで倒れたとは聞いてたけど、事故じゃなく事件だったってこと？」

　矢継ぎ早のツェレンの問いかけに、ディルとナイダンは困ったように顔を見合わせる。

「いま、それを調べているんだ。誰が、どういう目的で毒を盛ったのかはまだわかっていない」

「その呪術薬で狙われた人がいたってことだよね？　何で僕がそれを飲んじゃったの？　狙われた人は無事だったの？」

ディルはツェレンが葡萄酒を〝間違えて〟飲んでしまったと云っていた。ということは、本来口にするはずだったのは自分ではなかったのだろう。果たして本来の対象者は誰だったのか。

そして、自分はどうしてそれを〝間違えて〟口にしてしまったのか――。

「順番に説明するから落ち着いてくれ」

「ツェレン様は〈術師〉と云われる者たちをご存じですか？」

「はい。一般的な知識程度なら」

自分のことは忘れてしまっていても、ある程度の基礎的な知識は残っているため〝術師〟という名称に聞き覚えはある。

「この世界のあらゆるものに〝魔力〟が宿っていると云われています。人間を含む数多《あまた》の生き物や植物、日の光、空気、大地の中などにも存在しているそうです。そういった〝魔力〟を操ることができる人々を術師と呼びます」

生まれつきの要素が大きいらしく、魔力の強さは人それぞれだそうだ。

魔力は普通の人間には見えないし、どうすることもできない。

特別な才能を持っていたり、特殊な訓練を積むと操れるようになる。備わっているものが大きければ大きいほど、適性があると云われている。

基本的に術師は国家資格で、資格がない者が使うのは禁じられているはずだ。

その力は公のため――例えば新しい船に沈まないような術をかけたり、農作物がよく育つよう大地を祝福したり、皆の利益に繋がることに使う義務がある。

だが、中には自分の能力を隠し、裏社会で暗躍する者――闇術師――もいる。

「魔力を扱うには、複雑な手順である〝術〟が必要になる。だから〝術師〟と呼んでる。しかし、呪術薬というのは俺も初めて聞いたな。それはどういうものなんだ？」

ツェレンもそれが気になっていた。

「私も詳しく知っているわけではないのですが、薬物に触媒を使って術をかけ、標的となる人物に飲ませることで呪術をかけるそうです」

「毒を使う相手を絞り込めるということか？」

「そのように聞いています。私も以前小耳に挟んだだけですが、服薬で浸透させることによって、効果が現れやすいとか。弱い毒の効果を高めたり、記憶を操作するといったこともできると聞いたことがあります。ただ、そのぶん副作用も大きいらしいと聞きました」

「なるほど、分析で検出された成分が毒としては強いものではなかったようだが、術がかけられていたなら納得だ」

二人の会話がどんどん不穏な方向へと行っている。どうやら自分は大変なことに巻き込まれてしまったようだ。

「あ、あの！　その薬の影響がこれから出ることってあるんですか？」

「申し訳ない、そこまでは私にはわかりません。ただ、毒自体は解毒薬で中和してありますから、劇症が出ることはないかと思います。記憶の喪失が心因性ではなく、呪術薬を原因とするものだとするなら回復の糸口も摑《つか》みやすいんではないかと」

「つまり、どんな術がかかっているかがわかれば、僕も記憶を取り戻せるってことですか？」

ナイダンの言葉に希望が湧いてくる。得体の知れない〈呪術薬〉というものに恐ろしさは感じるけれど、原因がはっきりすれば解決策だって見えてくる。

「その可能性がある、ということです。専門家でないので、確証のあることは申し上げられませんが……」

「いや、そういった指摘は充分助かるよ。仮説を一つ一つ検証していくことが、真実への近道だからな」

「とにかく、私よりも術師に診てもらったほうがいいですな」

「わかった、早速手配する。しかし、この件に術師が関わっているとはな」

「恐らく闇術師の仕業でしょうな」

「いや、先入観は禁物だ。国家術師の中にもよからぬ輩《やから》がいないとも限らない。関わっている術師が特定できれば、解呪《かいじゅ》の方法もわかるんだろうが――」

苦い顔をしているということは、その術師を見つけることが容易ではないということだろう。

「僕に何か手伝えることとない？　僕の検査が必要なら、何でも協力する」

「ありがとう、ツェレン。でも、いまは体を治すことに専念してくれ。気持ちが混乱して、また体調を崩したりしたら元も子もないだろう？　いまは体を回復させることだけに努めてほしい」

「そうですよ、陛下からもゆっくりと療養するように云われていますしね。余計なことをあれこれ考えていると体に障りますからね。気鬱《きうつ》は万病の元です。いまはただのんびりしていればいいんですよ」

ナイダンのゆったりとした口調で焦燥感を宥《なだ》められる。

「……わかりました」

二人がかりで説得されては、強く追及するのも難しい。

何かしたいという気持ちは山々だが、彼らを困らせたいわけではない。

確かにいまの自分が気を揉《も》んだところで何ができるわけでもないし、周りに迷惑をかけるだけだと思い直した。

「もっと詳しいことがわかったら、そのときはちゃんと説明する。だから、それまで待っていてくれ」

「約束だよ」

待っていてくれというディルの言葉を信じることにした。

「それじゃあ、私はそろそろお暇《いとま》しましょうかね」

ナイダンは、よいしょと椅子から腰を上げた。その様子を見て、ディルが身支度の手伝いをする。

「え、もう帰っちゃうんですか？」

「また様子を見にきますからご心配なく。順調によくなってきていますからね。心細い気持ちもあるでしょうけど、無理せずゆっくり体調に向き合っていきましょう。記憶だって、取り戻す方法が必ず見つかりますよ」

ナイダンの前向きな言葉に励まされる。不安ばかり感じていても仕方ない。いつだって自分にできることをするしかないのだから。

「ありがとうございます」

礼を告げると、ナイダンは目を細めて笑みを浮かべた。

2

ディルとバトゥは、ナイダンを見送りに部屋を出ていった。再び一人になったツェレンはゆっくりと息を吐く。

「はー……」

人と話すと心の元気がもらえるけれど、体力の落ちているいまは少し疲れてしまうようだ。

ナイダンに回復してきていると云われてほっとした。今日からはできる限り体を動かして、日常生活を取り戻していきたい。

体が回復して、屋敷の外に出られるようになれば、記憶を取り戻すきっかけも得られるだろう。

「早くディルに迷惑をかけなくてすむようにならなきゃな」

歩いてもいいと云われたことを思い出し、寝台から足を下ろしてみる。床に足の裏をつけ、ゆっくりと体重を乗せた。

一瞬立ち眩《くら》みがしたけれど、一人で立つことができた。

「あれ？」

一歩踏み出してみて、意外と足の筋力が落ちていないことに驚いた。

倒れてから二十日ほど経《た》っていると聞いている。それだけの間寝たきりだったことを考えたら、もっと足が思うように動かなくてもおかしくはない。

（寝相がめちゃくちゃ悪かったとか？）

次にナイダンが診察に来たときに訊いてみたほうがよさそうだ。疑問はとりあえず横に置いて、窓際まで歩いてみることにした。

寝台からは十数歩ほどの距離だったが、違和感なく歩くことができた。この調子なら体力もすぐに戻ってきそうだ。

窓から外を見ると、迎えの馬車にナイダンが乗り込むところだった。こちらの視線に気づいたのか、優しい笑みを浮かべながら手を振ってくれる。

門に続く石畳を馬車がゆっくりと進んでいく。その両脇には手入れの行き届いた花壇が整然と並んでいた。

そこから左右に広々とした芝生が広がっているのだが、不規則に果樹が植えられている。そこになっている実はまだ緑色で、熟すのを待っているようだった。

この屋敷は、ディルの家の別荘なのだそうだ。王都から少し離れた場所にあるらしく、森林や草原に囲まれた自然豊かな環境だ。

「ツェレン！　動いていいとは云われたが、俺のいないときに一人で無茶をしないでくれ」

曲がり角に馬車が消えるのを見守っていたら、戻ってきたディルが慌てて駆け寄ってきた。大袈裟な物云いに笑ってしまう。

「ディルは本当に心配性だね。ナイダン先生も体はもう何ともないって云ってたでしょ」

ディルがツェレンに対して過保護なのは、出逢った当時の病弱だった印象が残っているからかもしれない。

特に記憶を失ったいまは、六歳の頃と同じように庇護《ひご》すべき存在に見えているのだろう。

「考えたくないが、万が一ということもある。先生だって、体を冷やさないようにと云っていただろう？　せっかくよくなったのに、風邪でもひいてまた熱が出たら――」

「わかった、気をつける。ディルのいないところで無理はしないから。ねえ、あそこの木になってるやつって食べられるの？」

放っておいたらいつまでも続きそうな小言を止めようと、ツェレンは質問で切り返す。

ツェレンに云われ、果実がなっていることに気づいたのだろう。ディルは庭を見下ろして口元を綻ばせた。

「ああ、あれは銀柑《ぎんかん》だ。だいぶ実が大きくなったな。黄緑色の皮が白っぽくなったら、食べられるようになる。少し酸っぱいんだが、香りがよくて砂糖漬けにすると美味《うま》いんだ。去年のものは甘い果実酒にしてあるから、あとでバトゥに持ってこさせよう」

「へえ、美味《おい》しそう！　でも、僕、お酒飲めるの？」

「強くはないが、味見くらいなら問題ないだろう。少しだけなら滋養にもなるはずだ」

「やった！　楽しみにしてる」

どんな味がするのかと想像するだけでわくわくする。

「あの辺に植わってる木はみんな果実をつける。どれも子供のときにツェレンと俺とで植えたんだ」

「僕たちで？」

花壇とは違う木々の規則性のない並び方にも納得した。ディルもツェレンの横に並び、窓から庭を見下ろす。

「懐かしいな。果物を木から捥《も》いで食べるのに憧れて、バトゥに頼んで苗木を取り寄せてもらったんだ。植えたときは俺たちの背丈より小さい木もあったのに、こう見ると本当によく育ったな。熟したら一緒に収獲しよう」

「いいの？」

「もちろん。俺たちの木だからな」

「僕たちの……」

約束が増えることも嬉しいけれど、思い出を聞かせてもらうことも記憶を取り戻す糸口になるような気がして不安が薄らいだ。

「ねえ、もっとたくさん思い出話を聞かせてよ」

「ツェレンはどんな話が聞きたい？」

「うーんとね、二人でしたこととか、ディルのこととか……」

「俺のこと？」

「前はディルのことをよく知ってたんだろうけど、いまは全然知らないから」

ディルは自分のことを自分以上に知っている。そんな人のことを何も知らないのは、些か不公平に感じるのだ。

「俺のことか。そうだな、好きなものは羊肉のパイ包みに葡萄。苦手なものは香り野菜のスープ。体を動かすのが好きで遠乗りによく行くが、最近は君がつき合ってくれないから一人で行ってたよ」

「え、どうして僕は一緒に行かなかったんだろう」

ディルと一緒に遠乗りなんて、考えるだけでも胸が高鳴る。断るなんて考えられない。

「馬に乗るのが苦手だと云っていた。俺の後ろに乗ればいいと云ってたんだが、どうもそれは嫌なんだそうだ」

「馬が苦手なら乗せてもらえばいいのに変なの。僕なら喜んで乗るのに」

もしかして、馬自体が得意ではないのだろうか。それなら頑《かたく》なに固辞する理由も理解できる。

「あとは……そうだな、屋敷の裏の森の小径《こみち》を散策するのが好きだ。考えがまとまらないときに木々の中を歩くと頭がすっきりする」

「裏の森？」

「ああ、この周りは木々が生い茂っているだろう？　曾《そう》祖父は静かな環境を求めて、森の中に屋敷を建てたらしい。散策用の小径も整備されていて、歩きやすくなってる。森の奥まで行くと、二人で作った〈秘密基地〉があるんだ」

「秘密基地!?」

どんな場所だったのかはもちろん覚えていないけれど、とても魅惑的な響きにわくわくする。

「元々は古い狩猟小屋だったんだ。俺の曾祖父が若い頃に使ってたらしい」

「ディルは狩りもするの？」

「いや、俺は遊びのために動物を狩るのはあまり好きではないんだ。食べるために命をもらうだけで充分だろう？　不必要に傷つけるのは本意じゃない」

「そっか。ディルは優しいね」

「よく父には腰抜けと云われていたけどね。その小屋を君と一緒に片づけて、使いやすく改造したんだ。暖炉もあるし、裏手には湧き水も出てる。よくそこで二人で夜更かしをしたり、流星を見たり、色んなことをしたよ」

「行ってみたい！　いまでもそこは使えるの？」

「もちろん。いまでも考えごとがあるときは足を運んでる。もう少し君の体力が回復してきたら、少し遠出をして足を伸ばしてみてもいいかもな」

「本当に連れていってくれるの？」

「ああ、もちろんだ」

「約束だよ！」

　出逢ってから十六年ということは、きっと自分たちの間には数えきれない思い出があるに違いない。一体、どんなふうに二人で時間を重ねてきたのだろう。

「――――」

「どうした？　何か思い出すことでもあったか？」

「ううん、残念ながら。忘れてしまったディルとの思い出はどれだけあったんだろうって思ったら、何だか悔しくて」

「思い出なら俺が話して聞かせてやる。でも、大事なのはこれから先のことじゃないか？　過去は変えることはできないが、未来は自分次第だ。そうだろう？」

「自分次第……」

　ディルの言葉にはっとした。思い出せないことにもどかしさを覚え、過去にばかり目を向けていたけれど、自分が生きていくのは未来だ。

「僕は後ろ向きになりすぎてたんだね。もっと、これからのことを考えなきゃ」

「うん、それがいい」

「……そういえば、いつまでここでお世話になってていいのかな。僕にも自分の家はあるんだよね？」

　どんなに親しく気心の知れた間でも節度というものがある。いつまでもディルの世話にばかりなっているわけにはいかない。

　王宮で仕事をしていたのなら、通えるところに住まいを構えていたはずだ。

　記憶がいつ戻るかは定かではないけれど、体調が戻ってきたいま、ディルの屋敷に滞在し続けるわけにはいかないのではないだろうか。

「もちろんだ。ツェレンの自宅は王都の街中にある。元は判事の住んでいた屋敷で、手入れの行き届いたいい家だ」

「ここから遠いの？」

「徒歩では難しいが、馬車に乗ればそう遠くはない。だけど、気にせずいつまでもこの屋敷に滞在してくれていいんだぞ」

「ありがと、色々気遣ってくれて。ディルにはすごく感謝してるけど、いつまでも居座ってるわけにはいかないよ」

いくら病人といっても、家族ではないのだから限度がある。

（でも、どうしてディルの家で療養することになったんだろう？）

病院でも自宅でもなく、敢《あ》えてこの屋敷を選んだのは何故なのだろう。

「——本音を云わせてもらうと、俺が帰ってほしくないんだ」

「え？」

見上げたディルの表情はどこまでも真剣だった。思わせぶりな言葉に心臓がドキリと不規則な音を刻む。

「二年前、君は大学校を卒業して寮を出るのに合わせて屋敷を構えたんだ。使用人たちもそのときに雇った者たちばかりで経験が浅い。もちろん、皆、仕事熱心でツェレンのことを慕ってもいるが、記憶を失った状態の君の看護をするには少し心許なくてね。俺が無理を云って我が家に来てもらったんだよ」

なるほど、そういう意味での『帰ってほしくない』という言葉だったのか。勘違いしてドキドキしてしまった自分が恥ずかしい。

「そうだったんだ。じゃあ、その人たちはどうしてるの？」

使用人を雇っているということは、ツェレンには彼らに対する責任があるはずだ。それに雇い主が倒れたなどと聞いたら、身の振り方を考えているだろう。

「いまは彼らに屋敷の留守を預かってもらってるから安心していい。給金の手配もしてある。自分の屋敷のことも気になるだろうが、もう少し俺の傍で療養していてくれ」

「……っ、ディルがそう云うならいいんだけど……」

こんなふうに見つめられて懇願されては、ツェレンでなくともドギマギしてしまうに違いない。

ディルは飽くまで厚意で云ってくれているとわかっている。だけど、どうしてもむずむずした気持ちになってしまうのだ。

「そもそも、ここは君の家のようなものだし、この部屋も君専用の部屋だ。小さいときから何度泊まりにきたと思ってる」

「えっ、そんなに図々しく入り浸ってたの？」

不思議な居心地のよさを感じていたけれど、ここが自分が使っていた部屋だとは。

（親友って個室まで用意してもらえるもの？）

想像以上に手厚い待遇を受けていたことに驚きを隠せなかった。

「違うよ。俺が頼んで来てもらってたんだ」

「本当に？　僕、迷惑かけてなかった？」

本棚に並んでいるたくさんの蔵書や何となく愛嬌を感じる不思議な形の置物も、もしかして自分で選んだものなのだろうか。

「両親は忙しくあちこち飛び回ってる人だったし、兄はずっと外国に留学していたから、長期休暇になっても一人でね。ツェレンがいてくれなかったら淋《さび》しくて堪らなかっただろうな」

「迷惑かけてたわけじゃないならいいんだけど……。つまり、僕も自分の家にはあんまり帰らなかったってこと？　僕にも家族はいるんでしょう？」

　卒業後に王都に屋敷を構えたと聞いたけれど、自分にも家族の住む家があるのではないだろうか。

「それは――」

　ツェレンの問いかけに、ディルは表情を曇らせた。

「あっ、もしかして、天涯孤独とかそういう……」

　口籠もる様子に、ふと家族の不在の可能性に思い至る。それならディルが話しにくかった理由もわかる。答えにくい質問をしてしまったかもしれない。

「いや、いないわけじゃない。君の親族は地方にいて、ここからはかなり遠いから会いにくるのも簡単ではないんだ」

　ディルのどこか申し訳なさげな顔と歯切れの悪さが引っかかる。

「ねえ、いま〝家族〟じゃなくて〝親族〟って云ったよね？　天涯孤独ってわけじゃないなら、親戚筋はいるけど両親や兄弟はいないってこと？」

　ツェレンの追及に、ディルはしまったと云わんばかりの表情を浮かべた。後悔するように天を仰いだあと、大きくため息をついた。

「やっぱり君は鋭いな。もっと回復してから云おうと思っていたんだが……きちんと話をするから、寝台に戻ろう」

　ディルは窓際に立ったままだったツェレンの手を引いて寝台のほうへと導き、その縁へ腰掛けるよう促した。

彼も隣に腰を下ろし、覚悟を決めたように口を開いた。

「君のご両親は物心ついた頃に馬車の事故で亡くなったそうだ」

「――――」

ディルの表情から薄々予想していたことだったけれど、実際に言葉にされるとその重みを実感する。

「……そっか、僕の両親はもういないんだね」

もうこの世にはいないと聞いても実感が湧かないが、それでも淋しい気持ちは否めなかった。

「すまない、もっと早く伝えるべきだったな」

「ディルが謝ることじゃないよ。僕のほうこそ、云いにくいことを云わせてごめんね」

「いつかは云わなければならないことだったからな。他の誰でもなく、俺から伝えられてよかった」

「両親はどんな人たちだったんだろう。僕に二人の面影って残ってるのかな？」

自分のこともわからない以上、両親の記憶もまったく残っていない。物心つく前ということは、記憶を失う前も両親との思い出は元々そう多くはなかったはずだ。

それでも、遺伝子を引き継いだ自分がいる。些細《ささい》なことでもいいから彼らとの繋がりを知りたかった。

「君の父君は先代のツェツェグ公爵だ」

「貴族とは聞いてたけど、僕の家は公爵家だったんだ」

侍従の仕事をしていたというのも納得がいく。王族に関わる仕事の場合、優秀さよりも家柄が重視されることが多い。

「北の地方を治める家柄で、母君は王族の傍流の血筋らしい。実は四、五歳のとき、君の父君に一度だけ会ったことがある」

「本当に!?　どんな人だったか覚えてる？」

　まさか、ディルが自分の父と面識があるなんて思いもしなかった。思わぬ事実に嬉しくなる。

「彼が王都に来たときに顔を合わせる機会があったんだ。父の仕事の関係で来ていたんだと思う。ツェレンと同じ赤毛で優しい人だったな」

「そっか、同じ髪色だったんだ」

　似ているところがあったと知り、嬉しくなる。

「年の近い子供がいるから、いつか友達になってほしいと云われた」

「僕のお父様がそんなことを？」

　幼い自分のことを慮《おもんぱか》ってくれていたことを知り、父の人となりの一端に触れられたようで胸が熱くなった。

「実はそのことを思い出したのはツェレンと親しくなったあとなんだ。伯爵と顔を合わせたとき、俺に領地の銘菓を土産に持ってきてくれてね。それが夢のように美味しくてずっと覚えていたんだが、ふとしたきっかけでツェレンの郷里の銘菓だと気づいて、あのとき会った人が君の父君だったとわかったってわけだ」

「そんなに美味しいお菓子なの？」

「ああ、子供心にこの世にこんなに美味いものがあるのかと驚いたくらいだ。月のように丸く薄い黄色をしていて、口に入れるとほろりと崩れて優しい甘さと香ばしさが広がるんだ」

ディルの実感の籠もった感想にお腹が空いてくる。自分も小さい頃にそのお菓子をよく食べていたのだろうか。

「僕も食べたことある？　どんな味だったか覚えてないから食べてみたいなあ」

「そうだな、俺も久々に食べたくなった」

「僕の郷里に行けば食べられるってことだよね？　そこに行けば何か思い出せることもあるかも。親族はいるんでしょ？」

「ああ。君の叔父夫婦と従兄弟《いとこ》がそこで暮らしている。幼い君は彼らに引き取られて暮らしていた」

「僕の叔父様ってどんな人なの？」

自分を引き取ったという叔父のことも気になる。何気ない質問のつもりだったが、ディルは真剣に考え込んだ。

「……自分の職務に忠実な人間、かな。彼は君の父君から公爵の地位を継いで、いまエーリカ地方を治めている」

「へえ、爵位は叔父さんが継いだんだ」

「本来ならツェレンが継ぐのが正当だったんだが、当時まだ三歳だったからな。継承者が若年の場合は一定の手続きを経て代襲することができるんだ。その場合、本来の継承者は引き続き継承権一位を持つことになるというわけだ」

つまり、ツェレンはいまも爵位継承権一位ということだろうか。自分が次期公爵だなんて、想像もできない話だ。

「あの、それで、叔父様には僕のことは伝えてあるんだよね？」

「ああ、もちろんだ。俺がついているから安心してくれと伝えてある。ツェレンが目を覚ましたことは手紙に書いたが、記憶に関しては伏せておいた。ご家族を不用意に混乱させるのは本意ではないからな。それでよかったか？」

「うん、もちろん。色々気を遣ってくれてありがとね」

確かに現状を詳《つまび》らかに伝えたら、大騒ぎになりかねない。

「あっ、それで叔父様からは返事は来た？」

どんな人かまったく覚えていないけれど、手紙を読めば何か思い出せることもあるかもしれない。本当なら直接会って話をしてみたいけれど、会いにいくのはまだ難しそうだ。

「それは……まだのようだ。先週は天候も悪かったから、手紙の配達が遅れているのかもしれない。だが、公爵も君が目覚めたことを喜んでいることだろう」

「そっか、まだなんだ……。配達は時間がかかるから仕方ないね」

手紙は農作物や工芸品の物流品と一緒に馬車に乗せられ、各地へと運ばれていく。特別な早馬でも出さない限り、それなりに日数がかかるのだ。

「ツェレン。先生から許可も出たことだし、元気なようならこれから散歩に行かないか？」

「いいの？　行きたい！」

落ち込むツェレンを励まそうとしてくれているディルの気遣いに気持ちが上向く。落ち込むたびにこうやって前を向かせてくれる。

「春になったとは云え、風はまだ冷たいから暖かい上着を着ていこう」

ディルは作りつけの衣装戸棚から、毛織りの袖なしの外套《がいとう》を取り出し、ツェレンに羽織らせてくれる。

冷たい風から守ってくれそうな目の詰まった織りだが、見た目よりも軽い着心地だった。優しく包み込んでくれるディルのような温かさだ。

彼がいなければ、自暴自棄になってまだ起き上がることもできていなかったかもしれない。

「……ディルがいてくれてよかった」

「何か云ったか？」

「ううん、何でもない」

正面から伝えるのは気恥ずかしく、曖昧にごまかしてしまった。

いつか改めて感謝の言葉を伝えよう。

「それじゃあ、行こうか」

「うん」

ツェレンは差し出されたディルの手に自分の手をそっと重ねた。

3

　ディルはツェレンと夕食を共に摂《と》ったあと、就寝するまでの時間は書斎に籠もっているのが常だ。帰宅を早めているぶん、持ち帰りの仕事が多いのだろう。

　容態が落ち着いたこともあり、ツェレンも一人で過ごす時間が増えていた。といっても部屋で読書をするくらいのことしかできないのだが。

（もう、体は何ともないんだけどな……）

　庭の散歩くらい一人で行きたいのだが、ディルにそう云うと渋い顔をされてしまう。

　屋敷の中にはバトゥや使用人たちの目があるから気分が悪くなってもすぐに対処できるけれど、万が一庭で気分が悪くなったときに一人では心配だということだった。

　些《いささ》か窮屈ではあるけれど、状況を考えると不満は云えない。ディルは何よりもツェレンのことを考えてくれているだけだ。

　蔵書を貸してもらい、読書で気を紛らわせているけれど、どうしてもそわそわとした焦燥感を持て余してしまうのだ。

「ツェレン様、お待たせしました。お風呂のご用意ができましたよ」

　読書机に向かって本を読んでいると、バトゥが呼びにきた。

　ありがたいことに今日、やっと入浴が解禁になる。毎日、丁寧に清拭はしてもらっていたけれど、体を丸洗いできない物足りなさを感じていた。

「ありがとうございます！　すみません、手を煩わせてしまって」

「何をおっしゃるんですか。身の回りのお世話は私の仕事ですから、そんなふうにお気になさらなくていいんですよ」

風呂の支度くらい自分でもできると思ったのだが、お湯の出し方がわからず彼に助けを求めることになった。

「お風呂のお湯を張るくらい自分でできると思ったんですけど……」

「このお屋敷の設備は古いのでお湯を出すにはコツがいるんですよ。いまディル様をお呼びしますので、少々お待ちくださいね」

「あっ、大丈夫です！　僕が自分で呼びにいってきますから」

生活のほとんどをバトゥの世話になっているのに、そのくらいのことまでさせるのは忍びない。

「そうですか？　では、お任せします」

入浴の条件は、誰かの目がある状態でと云われている。湯船の中で意識を失ってしまう可能性があるからだろう。

風呂に入るだけなのに近くで待機してもらうのは恥ずかしいが、医師の指示なら仕方ない。

ツェレンは自分の部屋を出て、廊下の突き当たりにあるディルの書斎に向かう。扉を叩こうとしたそのとき、中から話し声が聞こえてきた。

「報告ご苦労。しかし、なかなか尻尾を出さないな」

「疑われているのがわかっているからでしょう。常に監視をつけていますが、いまは王宮と自宅の往復のみです」

「さすがに用心深いな。引き続き、よろしく頼む。いつか油断してボロを出すはずだ」

「かしこまりました」

ディルは近衛師団に所属し、いまはとある事件の犯人を追っていると云っていた。話しているのは部下か後輩だろう。

相手の恭しい口調から察するに、ディルは想像していた以上に上の立場なのかもしれない。

（そういえば、ディルの家の爵位は何なんだろう？）

少なくともツェレンの家よりも高位だろう。この屋敷の装飾や調度類は豪奢《ごうしゃ》でこそないが、どれも質がよく熟練の職人の手によるものだとわかる。

「……とのことです。彼自身も当人かどうか……」

「なるほど、もしかしたら本来の血筋の人物はあの家にはもういないのかもな」

「その可能性は考えられます。ただ、身近な関係者がいなくなっている以上、簡単には確認を取ることができません」

「役所の記録には何か残っているはずだ。倉庫の書類もくまなく確認させろ」

指示を出す様子は、ツェレンの前で見せる温和な雰囲気とはまるで違う。

自宅にまでこういった報告が来るということは、差し迫った状態だということだろう。やはり、自分が彼の負担になっているのだ。

「ところで、……の居場所は漏れてないな？」

「それは大丈夫です。ご実家で療養していることになっておりますし、念のため空の馬車を出立させておきましたから」

一体、誰の話をしているのだろう。気になってつい耳をそばだててしまう。

「目覚めたことは俺からさりげなく伝わるようにしておく。記憶がないとわかったほうが、警戒されにくいだろう」

「そうですね。自分に繋がる証言を耳にしていないかと、不安に思っているでしょうから。我々としては、耳にされた内容がわかれば捜査の助けにもなるのですが……」

「やめろ、いまは無理に思い出させたくない。あのときのことを思い出せば、自分を責めかねないからな」

「軽率でした。申し訳ありません」

二人の会話に引っかかるものがあった。

（思い出す？　僕のこと……？　いや、まさかね……）

いまの話によれば、ディルはとある人物を匿《かくま》っている様子だ。一部、自分の状況と符合するものがあったせいでドキリとしたけれど、考えすぎだろう。

さっきから声をかける隙がないかと待っていたけれど、このまま立ち聞きを続けるのは気が引ける。大事な仕事中に、ディルを風呂の見守りなどに呼び出すのも申し訳ない。

（お風呂くらい、一人で入ったっていいよね？）

ナイダンは風呂の中で意識を失うことを危惧していたが、短時間ならそんなことにはならないはずだ。

ディルの大事な仕事を邪魔したくないし、よく考えたら彼に見守られながら風呂に入るのは相当恥ずかしい。

病人の補助という名目があったとしても、裸体を晒《さら》すことになるツェレン自身が平静でいられる自信がない。

だが、さっさと一人で入浴を終えてしまえば、ディルの手を煩わせずにすむ。何かあったら呼び鈴の紐を引っ張ればいいのだ。

我ながら、いい考えだ。そろそろ一人でできることを増やしていかなければ、ディルの負担になってしまう。

ツェレンは自分の部屋に戻り、続きの間にある浴室へ向かった。

服を脱いで色硝子《ガラス》が塡《は》め込まれた衝立《ついたて》にかけると、小さな陶板が模様を描くように敷き詰められた床の上に置かれた舟形の浴槽に身を沈めた。

「〜〜っ」

ちょうどいい温度のお湯が全身に染み渡る。薬液が入っているのか、お湯は白く濁り、青く爽やかな香りが立ち上っていた。

（気持ちいい）

心地よさに大きく息を吐く。ゆっくりと肩まで浸《つ》かると、手足の強張《こわば》りが解けていく。寝てばかりいた体はずいぶんと凝り固まっていたようだ。

「そうだ、髪も洗わなきゃ」

髪全体を濡らすために、ざぶん、とお湯の中に沈み込んだ。

（いつもこうやってた気がする）

手桶《ておけ》でお湯を掬《すく》ってかけるより手っ取り早いと思っての行動だったけれど、以前からこうやって風呂に入っていたのかもしれない。

息を止めて頭の天辺までじんわり温かくなっていくのを感じていたら、両脇に手を差し込まれて勢いよく引き上げられた。

「!?」

「大丈夫か、ツェレン!?」

「ディ、ディル？」

何が起こったのかと目を開けると、血相を変えたディルがそこにいた。ツェレンは自分を落ち着かせようと、額に貼りつく髪を掻《か》き上げ、濡れた顔を手で拭う。

「意識はあるんだな！　水を飲んでないか？」

その問いかけから、ツェレンが溺れていたとディルが勘違いしたのだとわかった。

「だ、大丈夫、いまのは自分で潜ってただけだから！　溺れたわけじゃないから！」

誤解を解こうと慌てて説明する。

「溺れてたんじゃないのか……？」

「本当に全然平気！　ほら、普通に喋《しゃべ》れるでしょ？」

苦しがっている様子のないツェレンに、ディルはほっとした表情を浮かべた。

「何だ……そうだったのか……。様子を見にきたらお湯の中に沈んでいるから肝が冷えた」

ディルはその場に力なく座り込む。ツェレンを助け出したせいで、ディルの服もびしょ濡れになってしまっていた。

「勘違いさせるようなことしちゃってごめん」

ディルの手を煩わせないよう一人で湯浴みをすませるつもりだったのに、思っていた以上にのんびり浸かっていたようだ。

「それより、どうして一人で風呂に入ってるんだ？　先生にも誰かがついていなくちゃダメだと云われただろう」

「ご、ごめんなさい。お客様が来てるみたいだったし、一人でも大丈夫だと思って……」

「何を云ってる。俺には君以上に優先することなどない」

「……っ、そ、そうなの？」

「それに人が溺れるときは、助けを呼ぶ余裕なんてないんだぞ。大抵は静かに沈んでいくものだ。急に意識を失ったらどうする。呪術薬の効果や副作用がどう出てくるか、まだわからないんだぞ」

「……ごめんなさい」

気分が悪くなる程度ならともかく、確かに意識がなければ助けを呼ぶこともできない。

「どんなときも慢心が足を掬う――常々、君が口を酸っぱくして俺に云い聞かせてる言葉だぞ」

「僕の？」

そんなことを云っていたなんてまったく覚えていないけれど、深く胸に響いた。以前の自分は慎重で冷静な性格だったのだろうか。

（いまの僕とは全然違ってるのかも）

生き物の一種である以上、人の性質は基本的に変わることはないはずだ。もしかしたら、幼少期からの経験が〝ツェレン〟を慎重な大人にしたのかもしれない。

（だとしたら、いまの僕は子供のままの性格ってこと？）

経験してきたことがまるっと消えてなくなっている。時間によって成熟した人格が出発地点へと戻ってしまっているのだろう。

「立場が逆だったら、相当怒られてただろうな」

「これからは気をつけます……」

「――とは云え、気遣ってくれた気持ちは嬉しいよ。俺の手を煩わせないようにと思ってくれたんだろう？」

「……っ」

跳ねたお湯で濡れた髪を掻き上げる仕草にドキッとする。たったそれだけのことが様になるのだからすごい。

「ツェレン？」

「あ、うん、その、ディルは忙しそうだったから……」

恥ずかしいからという理由が大半を占めているけれど、それも嘘《うそ》ではない。

そのときふと、自分が恥ずかしげもなくディルの前で裸を晒していることに気がついた。

「うわっ」

反射的にお湯の中に身を沈める。

「どうしたんだ、いきなり」

「だ、だって、僕だけ裸だから……」

濁り湯で体を隠せたとはいえ、全裸でディルの前にいるのは心許なさすぎる。

清拭してもらっている間は熱に浮かされていたから、ディルの前で服を脱いでも特に気に留めることはなかったけれど、いま思い返すと走って逃げたくなる。

だんだんとディルのことを意識するようになってきたのも、恥ずかしさの原因だろう。

「いまさら恥ずかしがることか？」

ツェレンの訴えに、ディルは不思議そうな顔をする。

「僕にとっては初めてのことだから！」

「そう云えばそうだな」

ツェレンの反論に、ディルは声を立てて笑った。

ディルにとっていまのツェレンは、手のかかる弟のようなものなのかもしれない。だが、ツェレンにとってディルは出逢ったばかりの気になる人だ。

そんな人の前で素肌を晒す気恥ずかしさをわかって欲しい。

「確かに一人だけ裸なのは気まずいかもな。じゃあ、俺も一緒に入ればいいか？」

「一緒に!?」

やっとわかってもらえたと思ったら、斜め上の解決策がきた。風呂に入っているところを見守られるのも気恥ずかしいが、一緒に入るとなるとまた違った居たたまれなさがある。

「昔は二人で体を流し合ったんだぞ」

「ちょっと待って！　ここに男二人で入るなんて無理だってば！」

少年二人ならともかく、いまのディル一人だって窮屈だろう。無理に二人で入ろうものなら、お湯はほとんど零《こぼ》れてしまうだろうし、お互いに密着することになる。

（絶対に無理……！）

そんなことをしたら、恥ずかしさで死んでしまう。

「そうか、もうこの湯船だと狭すぎるか」

ディルにとっては気の置けない間柄なのだろうが、いまのツェレンにしてみたら知り合ったばかりの相手だということを理解して欲しい。

「懐かしいな、昔はよく俺が君の髪とか体を洗ってやってたんだぞ。目に泡が入って上手く洗えないって云って。そうだ、邪魔した詫《わ》びに、俺に洗わせてくれ」

「えっ、いいよ！　自分でできるから。髪の洗い方は覚えてるから！」

ディルの申し出にぎょっとする。人物についての記憶がないだけで、それ以外のことに不便はない。

「そんなの子供の頃の話でしょ。本当に自分でできるってば」

「恥ずかしいなら、体が見えないよう肩まで湯に浸かっていればいい。ほら、早くしないとお湯が冷める。その前に洗ってしまおう。見守られてるだけのほうが気まずくないか？」

ディルはそう云って生成りのシャツの袖を捲《まく》る。

「う……それもそうかも……」

ツェレンの気恥ずかしさを意に介さないディルに負け、渋々と従う。

よかれと思ってやってくれることを固辞するのは難しいし、押し問答をしているよりも早く終わらせてしまったほうがいいと判断した。

（……ディルは僕を元気づけようとしてくれてるんだろうけど）

殊更《ことさら》明るく声をかけてくるディルからは、心遣いが伝わってくる。目を覚ましてから、何度彼のさりげない優しさに助けられたことか。

湯船の縁に背中を預けて目を瞑ると、手桶で汲《く》まれたお湯が頭から優しくかけられる。海綿で泡立てた石鹸《せっけん》を髪に塗りつけられる。

指を立てて地肌を洗われる心地よさとむず痒《がゆ》い気恥ずかしさに混じる甘い感覚。

男同士で幼馴染みなら、恥ずかしがる必要なんてないのかもしれない。だけど、ディルの手が肌に触れるたびにぞくぞくと体が震えてしまうのだ。

「やっぱりなかなか泡が立たないな」

「ごめん、ずっとお風呂入ってなかったから……」

「謝る必要なんてないだろう。君は病人だったんだからな。むしろ我慢して偉かったよ」

ディルは一度泡を洗い流し、再び石鹸を塗りつける。やっと泡立ってきたようだ。指の腹で頭皮を揉むように洗われるとうっとりしてしまうくらい気持ちがいい。

「痒いところはないか？」

「うん、大丈夫」

気持ちよさを通り越して、よからぬ感覚が込み上げてきそうになるのを必死に堪《こら》える。寝込んでいる間は生理現象とはご無沙汰だった。回復してきた証《あかし》とも云えるけれど、さすがにいまはまずい。

（お湯が濁っててよかった……）

旧知の仲ならその手の話もしていたかもしれないが、いまは明け透けに話せる間柄ではない。

「ツェレンが寮に来たばかりの頃は、いつもこうやって洗ってやってたな。家ではばあやに洗ってもらってたから上手くできないってベソかいて可愛かったよ」

複雑な気持ちを噛《か》み締めているツェレンに、ディルが思い出話を語ってくれる。

「覚えてないけど、六歳ならしょうがないと思う」

子供の頃の一年は果てしなく長いものだ。四歳も離れていたら、ずいぶんと大人びて見えていたに違いない。出逢ったばかりのディルはきっと〈憧れのお兄さん〉だっただろう。

「そうだな。髪の洗い方も着替え方も俺が教えたけど、一人で寝ることだけは最初から当たり前みたいにできてたよ」

「どうして？」

「乳母や執事は身の回りの世話はしたり、寝かしつけたりはしてくれるだろうが、一緒に眠ることができるのは両親だけだからな。おやすみなさいって俺に云ってから一人で寝台に潜り込む様子がいじらしくて、この子は俺が守ろうって思ったんだ」

「――――」

　幼いツェレンは淋しさをぐっと耐えながら、眠りについていたのだろう。その様子を想像するだけで、胸が詰まる。

「初めて一緒に寝たのは、もの凄《すご》い嵐の日だった。雨戸を閉めても風の音が激しくて、雷も轟《とどろ》いてきたから心配になって隣の寝台を見たら、毛布を被《かぶ》って丸まって震えてた。こっちに来るか？　って聞いたら、子猫みたいに俺の懐に飛び込んできたよ」

　くすくすと思い出し笑いをされ、バツが悪い。

「それからはずっと一緒に寝てた」

「えっ、一緒に？」

「ああ。ツェレンは体温が高くて冬場はありがたかったな」

「僕、行火《あんか》代わりだったってこと？」

「猫みたいにくっついてくるんだから仕方ないだろう。でも、十二歳になった頃かな、いきなり『一人で寝る』って云い出したんだよな」

「どうして？」

「理由を聞いたら、同級生にバレて揶揄《からか》われたからだって。淋しかったけど、ツェレンの意志を尊重した。大人への階段を上ってるってことだもんな。まあ、その後も嵐の夜は一緒に寝てたけど」

　何となく想像がつく。一緒に眠るのが当たり前だと思っていたけれど、同級生の指摘で特別なことだったとわかって、急に恥ずかしくなったに違いない。

「洗い流すから、目を瞑ってくれ」

　頭からお湯を優しくかけられ、丁寧に泡を洗い流される。注意深く手櫛《てぐし》で梳《くしけず》られたあと、髪に何か甘い匂いのするものを塗り込まれた。

「何の匂い？」

「いま街で流行《はや》りの香油だ。花の香りがするだろう？　これを塗っておかないと髪が絡みやすくなるんだ。肌の保湿にもいいらしい」

　髪を優しく洗われたことで、心も解きほぐされたようだった。

「ありがとう、ディル。もういいから濡れた服を着替えてきてよ。心配ならお湯から上がってるから」

「何を云ってる。次は体を流すんだろう？　どうせ濡れるんだから、着替えはあとでいい」

「えっ、体は自分で洗うからいいよ！」

　頭皮に感じる指の感触だけでもよからぬ感覚が湧き上がってきたのに、体に触れられたりしたら取り返しがつかないことになりかねない。

（いや、絶対なる）

もしもそれがバレてしまったら、どんな云い訳をしたらいいのだ。

「じゃあ、背中だけ。体が硬いから、手が届かないだろう？」

「本当にいいってば！」

「いいから、遠慮するな」

「いや、だから遠慮とかじゃなくて……っ」

ディルはツェレンを羞恥心で殺す気だろうか。

結局、拒むことはできずディルには体の隅々まで洗われてしまったのだった。

4

——間に合いますように！

そう祈りながら、ツェレンは焦りと恐怖に突き動かされて必死に走っていた。全力を出しているのに、足が重くて縺《もつ》れそうになる。

遠くに見える扉。あそこに早く辿《たど》り着かなければ間に合わない。万が一の事態だけは絶対に阻止しなければ。

（万が一ってどういうこと？）

気持ちが急《せ》くのに、理由がわからない。それでもツェレンは遮二無二《しゃにむに》足を動かした。水の中を走っているようなもどかしさを覚えながらも、やがて重厚な扉が近づいてくる。

しかし、希望を感じたツェレンの前に、武装した男たちが現れた。彼らは王室近衛隊の制服を身に着けている。

——ここを通してください！

——あなたでもこの中に立ち入る権限はありません。……様に話があるならこちらでしばらくお待ちください。

——でも、いますぐ知らせないと……！

——大事な儀式の最中だとご存じでしょう？　無茶を云わないでください。

——そんなこと云ってる場合じゃないんだよ！

行く手を阻まれ、苛立《いらだ》ちに声を荒らげる。

（こんなことをしている場合じゃないのにどうしたら……。彼の命がかかっているのに——）

「……寒っ」

もどかしさに暴れ出したい気持ちを抑え込んでいたツェレンは、吹きつけてくる空気の冷たさにはっとした。

目の前には重々しい扉と屈強な男たちが立ち塞がっていたはずなのに、いまは一人暗闇の中に立ち尽くしていた。体に纏《まと》わりつく冷気は夜風のようだ。

「え？　外？　何で？　痛っ」

一歩踏み出した瞬間、小石を踏んで痛みが走る。暗くてよく見えないが、どうやら裸足《はだし》のままらしい。部屋着だけしか着ておらず、寒さが身に染みる。

しばらく暗闇を見つめていたら、少しずつ目が慣れてきた。周りに低木や草木が生えているとわかる。

「庭？」

昼間にディルと散歩をした屋敷の庭園だということに気がついた。

自分で外に出た覚えはない。つまり、就寝したあと、ふらふらと出歩いていたというのか。

「眠ってたのにどうして？」

こんなところまで来られたということは、足取りはしっかりしていたということだ。

睡眠中、寝台の上では寝返りを打ったり身じろいだりと、ある程度動きはするだろうが覚醒中と同じような行動を取ることはない。

（これって夢遊病？）

頭は眠っていても、体だけが覚醒して何かしらの行動を取る障害があると聞いたことがある。

その行動も様々で、ただ歩くだけの人もいれば普段と同じように着替えをしたり、仕事をしようとしたりすることもあるという。

何らかの強迫観念が影響しているとの研究もあると書物で読んだことがあるけれど、ツェレンの場合、何が引き金になったのだろう。

不意に見上げると、細い輪っかのような月の周りに、たくさんの星々が瞬《またた》いていた。

「綺麗《きれい》……」

以前にもこんな夜空を誰かと一緒に眺めた気がする。

冷たい空気の中、触れ合う肩が暖かくて——だけど、それが誰だったのか思い出そうとすると、やはり頭の中に霞《かすみ》がかかる。

もう少しで手が届きそうなのに、掴もうとした瞬間に遠く離れていってしまう。さっきの夢でも同じようなもどかしさを感じていた。

「あの夢……」

ふと、夜風に体を震わせる前に見ていた夢を思い出す。ツェレンは誰かの命を救おうと、突き動かされるように走っていた。

自分の体験したことには思えず、物語の中の登場人物になりきってしまったかのような感覚だ。しかし、あの夢はもしかしたらツェレンが失った記憶の一片なのかもしれない。

（あれは本当にあったの？　命がかかってるってどういうこと？）

一体、どういう状況だったのだろう。自分は誰を救おうとしていたのか——。

「ツェレン！」

自分を呼ぶ声がする。この声は——。

「ディル？　——むぐっ」

振り向いた瞬間、温かな何かに顔が埋まった。

「よかった、見つかって」

ディルの安堵《あんど》の声。彼に抱きしめられているのだとわかり、息が止まる。一緒に心臓も止まりかけた。

力強い腕がその存在を確かめるかのようにツェレンの体を掻き抱く。髪に顔を埋《うず》められ、頭皮に吐息を感じてむずむずする。

「ディ、ディル？」

「ずいぶん探したんだからな。ああ、こんなに体が冷えて」

ディルはツェレンの体を温めようと、背中や肩を擦《さす》ってくれる。夜風に晒された体は冷え切っていて、触れている部分が燃えるように熱く感じた。

伝わってくる体温にドキドキして落ち着かなくなり、何故か逃げ出したい気持ちになる。

生まれたばかりの雛《ひな》が初めて見た相手を親だと思い込むように、真っ新な状態で優しくされたせいで好意が刷り込まれたのだろうか。

（普通、兄弟にこんな気持ちになったりしないよね？）

実際に血が繋がっているわけではないけれど、親愛の情を向けてくれている人に対して抱いていい感情なのか、それも少し気にかかっていた。

「ディル、く、苦しいよ」

「すまない、心配していたからつい」

ツェレンの訴えに、ディルは腕の力を緩めてくれた。

（……息が切れてる？）

ふと見上げたツェレンは、ディルの胸が大きく上下していることに気がついた。もしかして、自分を探すために走り回ってくれたのだろうか。

突然の熱烈な抱擁に戸惑ったけれど、病み上がりで記憶のない人間が姿を消したら、誰だって心配するはずだ。

ツェレンは彼に感謝の意ともう大丈夫だということを伝えようと、自分からも背中に腕を回した。

「ごめんね、心配かけて。夢を見てたみたいで、気がついたらこんなところに……」

「いいんだ。目を離した俺が悪い。こんな暗いところで一人で不安だっただろう？」

「少しだけ。でも、ディルの声が聞こえた瞬間、ほっとした」

ディルの存在は言葉では云い表せないくらいの安堵感を与えてくれる。暗闇の中、世界に自分一人しかいないような孤独感が、一瞬で消え去った。

ディルは自分が着ていた上着を脱ぎ、ツェレンの肩にかけてくれる。

「……ところで、ここはどこなの？」

「屋敷の庭だ。そこに君の部屋から見た果樹があるだろう？」

ほら、と指をさされた先を見ると、自分の背丈の二倍ほどの木があった。

「本当だ」

暗闇に目が慣れてきたお陰で、枝に実がたわわになっているのが見えた。

「夜は暗くて不用心だな。外灯をつけるように云っておこう」

「え、そこまでしなくても……」

自分のせいで余計な手間を増やしてしまうのは本意ではない。

「いや、気づかせてくれて助かった。盲点だったよ。闇夜に乗じて侵入されないとも限らない。明るいほうが警備もしやすくなるからな」

「警備？」

ふと正門へ目を向けると、剣を腰に提げた警備兵が左右に並んでいるのが見えた。大きな外灯が一つ立っているけれど、そこから離れてしまえばお互いの姿を認識するのも難しそうだ。

（でも、兵士の警備なんて仰々しいな）

それぞれの家で警備人を雇うことがないとは云わないが、あんな本格的な装備の兵士を置く家は滅多にない。ディルの慎重な性格故だろうか。

「さあ、ここは寒いから早く部屋に入ろう。また体調を崩したら大変だからな」

「うん、そうだね――うわっ」

ひょいと横向きに抱えられ、面食らう。

「じ、自分で歩けるよ」

「靴を持ってくるのを忘れたんだ。裸足のままじゃ砂利を踏むと足を怪我《けが》しかねない」

ディルはツェレンが素足だということも気づいていたらしい。

「ほら、俺の首に腕を回して」

囁《ささや》くように促され、ツェレンはドギマギとしながらディルの首にしがみついた。


ツェレンの部屋では、暖炉《だんろ》に火が入れられていた。汚れた足を拭いてもらい、寝台に上がる。入り込んだ毛布の中もほんわりと温かくなっている。

「あれ、毛布が温かい」

「バトゥが行火で温めててくれたんだな。体が冷えただろうから、温かいお茶を飲むといい。よく眠れる薬草茶だ。少し癖のある匂いはするが、体が温まるから」

湯気の立つ器を手渡される。両手で包み込むように受け取ると、手の平から温かさがじんわりと伝わってきた。

「ありがとう。……ちょっと変わった匂いだけど美味しいね」

飲み干してしばらくすると体がぽかぽかしてきた。確かによく眠れそうだ。

「傍についてるから、安心して眠ってくれ」

「一人で大丈夫だよ。もう遅いし、ディルだってちゃんと寝ないと」

「ツェレンが眠るまでは傍にいる」

当たり前のことのようにそう云われ、疑問が湧いてきた。

ディルは毎晩ツェレンが眠るまで傍にいてくれる。でも、それはツェレンの容体が落ち着かなかったため、看病の一環で見守ってくれているのだと思っていた。

だけど、もうすっかり熱も下がり、歩けるようになったいまでは過分な対応だ。子供ではないのだから、寝かしつけも必要ない。

それなのにディルが自分から目を離そうとしないのには、何か理由があるのではないだろうか――。

「……あのさ、こういうことって初めてじゃないんでしょ？」

ツェレンの問いかけに、ディルは一瞬押し黙った。

「どうしてそう思うんだ？」

「何日も寝たきりでやっと起き上がれるようになったはずなのに、足の筋力があんまり落ちてなかったし、僕が勝手に出歩いてたのにディルが謝るのはちょっとおかしいなって思って。それに眠るまで傍についてるのも過保護すぎる気がして……」

　自分なりの考えを告げると、ディルは小さく笑った。

「君の観察力には感心するよ。実はそうなんだ。意識を取り戻す前も、ああやって寝台を抜け出すことがあったんだ。最初は目を覚ましたのかと思ったら意識がないまま歩いていて驚いた」

「やっぱり……」

　もちろん、ツェレン自身には何の覚えもない。さっき、夜風に吹かれて目を覚まさなければ自分でも知らないままだっただろう。

「もしかして、毎晩僕が出歩かないようにディルが見張っててくれてるの？」

「意識もないまま一人で外に出るのは危ないからな。さっきはうっかり見失ってしまったんだ。席を外すときは油断せずにバトゥを呼ぶべきだった」

「え、本当にずっと傍についててくれてるってこと？　ディルはいつ寝てるの？」

　いつ目を覚ましても、常にベッド脇の椅子にディルがいるのはそういうことだったのか。

「ここでも寝てるし、途中でバトゥと交代してる」

「ダメだよ、そんなの。僕にばっかり体を大事にしろって云うくせに、ディルが自分のことを大事にしないなんてよくない」

「ツェレンの云うことは尤《もっと》もだな。けど、元々寝付きが悪くて睡眠時間も短いほうだから、このほうがすっきり眠れるんだよ。別の部屋だと、君の様子が気になって眠れないんだ」

「何かごめん……僕がちゃんと大人しく寝てれば、そんな心配もさせなくてすむのに……」

　日中、寝台で過ごしているだけのツェレンよりも、活動しているディルのほうがしっかりと休むべきだ。

「気に病まなくていい。君に責任なんてないんだから」

「でも——そうだ！　僕がふらふらしなければいいんでしょ？　眠る前に僕の手足をベッドに縛りつけておけばいいんじゃない？」

　少し窮屈かもしれないが、眠っている間くらい身動きが取れなくても問題はない。むしろ、ふらふら出歩くほうが危険だ。

「病人にそんなことできるわけないだろう。手足を固定して眠ると体を傷める」

「じゃあ部屋に鍵をかけておくのはどう？」

　そうすれば不用意に歩き回ったとしても、この部屋の中だけですむ。

「部屋の中で行き倒れるだけだ。万が一、暖炉に倒れ込んだりしたら大変なことになる。君の気持ちはありがたいが、俺はここで眠れるから大丈夫だ」

「でも、それじゃ疲れが取れないよ。じゃあ、僕が椅子で寝るから、ディルは寝台で寝て。僕は昼間寝台を使えばいいよ」

「病み上がりの人間が何を云ってるんだ。人の心配よりも、自分の体を大事にしてくれ。これは俺がしたくてしてることなんだから」

「でも——」

押し問答の末、いいことを思いついた。

「そうだ！　二人ともこの寝台で眠るのはどう？」

「……二人で？」

提案してみて、いい考えだと自負する。

一人では広すぎるくらいの寝台だし、半分ずつ使っても狭くはなさそうだ。しかし、ディルには断られてしまった。

「申し出は嬉しいが、やめておく」

「どうして？　昔は一緒に寝てたんでしょ？」

「それはそうなんだが……」

「〝僕〟とは一緒に眠りたくない？」

いまの自分はディルのよく知るツェレンとは違う。そのせいで抵抗があるのだろうか。

理由を問うと、気まずそうに苦笑しながら理由を教えてくれた。

「そうじゃない。俺はツェレンにゆっくり眠ってもらいたいんだよ。病人が健康な人間に気を遣うものじゃない」

「もう病人じゃないよ」

「完全に治るまでは周りに甘えて過ごすのがツェレンの仕事だ。よくなったら、前みたいに君に世話を焼いてもらうから、それまでは俺に見栄を張らせてくれ」

「……わかった。でも、ディルもちゃんと寝てね」

「約束する。君が眠ったらすぐにバトゥに頼んで俺も自分の部屋に戻るから。さあ、もう遅いから眠るといい。いい夢を見られるといいな」

ディルはツェレンにかかった毛布を肩が隠れるように引き上げ、ぽんぽんと胸元を叩いてくれる。

夢という単語に、ふと思い出す。

「……ねえ、ディル。さっき、夢を見てたんだ」

「どんな夢だ？」

「何かを止めようとして、必死に走ってた。大事なことを伝えようとしたけど、色んな人が邪魔するんだ。そうやって行く手を阻まれて焦ってるところで目が覚めた」

「それは……嫌な夢だな」

「何か大事な儀式をしてる最中で、僕はそこには入れないんだ。でも、中にいる誰かに云わなきゃ大変なことになるみたいですごく恐《こわ》かった。いまもちょっとドキドキしてる」

「――――」

ツェレンの夢の話に、ディルは深刻な顔で黙り込む。二の句が継げないというよりは、何か考え込んでいる様子だった。

「――ねえ、もしかして本当にあったこと？」

そう問うと、ディルはぱっと顔を上げる。図星を指されたといわんばかりの表情をしていた。

「僕に云えないことがあるのはわかってる。でも、何も知らないままではいられないよ。少しだけでいいから、本当のことを教えてほしい」

記憶喪失の時点で十二分に混乱したのだから、いまさらどんな衝撃的なことを聞いても驚かない。

じっと見つめていると、ディルはやがて大きく息を吐いた。

「そうだな、きちんと説明しておかないといけないな。具合が悪いときに話して、体に障ったらよくないだろう？　回復するまで伏せておいたほうがいいと思ったんだ」

「うん、それはわかってる」

ツェレンが混乱しないよう、細心の配慮をしてくれているのはわかっている。だけど、いつまでも箱入りのまま甘やかされ続けるのは違うと思う。

ディルに任せていれば最善の選択肢を選んでいけるだろう。でもそれでは、ツェレンの人生ではなくなってしまう。

「これは国の威信にも関わることだから、心して聞いてほしい」

「…………」

急に重くなった空気に、ツェレンは唾を飲み込んだ。

「先日、新国王の即位の儀があったんだが——そこで国王を狙った企《たくら》みがあった」

「えっ、国王陛下は無事なの!?」

いきなり落とされた爆弾発言に驚きの声を上げ、跳ね起きた。国の威信に関わると云っていたが、ここまで大きな事件が起こっていたとは想像もしていなかった。

「ああ、君のお陰でね」

「へ？　僕の……？」

意味がわからず、目を瞬く。話の脈絡がわからない。

「君が見た夢は実際にあったことだ。君は王族の侍従として、王宮で働いていると云っただろう？　経緯はわからないが、君は当日その企みに気づいたんだ」

「企みって――」

「どうやら偶然、葡萄酒に何かを混入したという犯人たちの会話を耳にしたらしい。君は儀式の行われていた祭壇の間に駆けつけ、近衛長や宰相に儀式の中断を訴えたんだ。だが、企みを耳にしたという君の言葉だけで、始まってしまった即位の儀を証拠もなく中断はできないと判断された」

「万が一があってからじゃ遅いのに……！」

「侍従の職にあるとはいえ、君はまだ若手の部類だからな。そもそも、儀式に立ち会う資格もないのに祭壇の間に強引に押し入ったことも乱心だと判断されたようだ」

「そんな、酷《ひど》い。でも、どうして僕がその葡萄酒を飲んじゃったの？」

国王陛下が被害に遭わずにすんだことはよかったが、自分が口にしてしまった理由がわからない。企みに気づいていたなら、飲む前に調べるべきではなかったのか。

「国王も騒ぎに気づいて状況を確認しようとしたんだが、君は近衛兵の拘束を解いて司祭の元へ駆け寄り、祭器に入っていた葡萄酒を飲み干してしまったんだ」

「そうか、証拠を見せるために――」

葡萄酒に毒が入っているかどうかは、誰かが毒味をするのが一番手っ取り早い。何も入っていなければ御の字だし、入っているとわかればそれ以上の被害者が出ずにすむ。

自分の訴えを無視され、儀式が続行された場合、国王がそれを飲むことになってしまう。それだけは避けたかったのだろう。

「そうだ。君は身を挺《てい》して国王を守ったんだ」

もしも耳にしたのがただの悪い冗談で、国王を狙う企みなどなく葡萄酒に何も入っていなかったとしたら、大事な即位の儀を害した罪に問われていただろう。

そのことまで想像できなかったとは考えにくい。きっと自分は、保身など微塵《みじん》も考慮することなく、罪人になる覚悟を持って行動したのだろう。

「つい先程、報告を受けたんだが、やはりあの葡萄酒に混入していたのは〈呪術薬〉で間違いないということだ。万が一にも国王がそれを口にしていたら、国の混乱は避けられなかっただろう。君は国王だけでなく国民全員の命の恩人だよ」

自分の考えすぎだと判断されて、即位の儀がそのまま続けられていたら、どうなっていたかわからない。そんな最悪の事態が避けられて本当によかった。

「全然身に覚えがないけど、僕はすごいことをしたんだね」

何の記憶もないが、きっと自分は英雄的行動を取ろうと思ったわけではないだろう。ただ単純に国王を守ることだけを考えていたに違いない。

「ああ、そうだ。改めて礼を云わせてほしい。だけど、二度とあんな無茶はしないでくれ。もしもまたそういうことがあったら、まずは俺に相談してくれ」

ディルはそう云って、ツェレンの手を握る。重ねられた手が微《かす》かに震えていることに気がついた。

どれほど彼を不安にさせてしまったか、改めて思い知る。

「……わかった、約束する」

ディルの手を握り返して誓う。以前の自分に戻ることがなかったとしても、この人に二度と悲しい顔をさせたくない。

「ちょっと待って。狙われてたって、いま国王陛下は大丈夫なの⁉」

ツェレンがのんびり療養している間も、危機が去ったわけではない。そんな大事な儀式で国王を狙ったような輩が一回の失敗で諦めるとは思えない。

新たな計画がいまこの瞬間にも立てられている可能性だってある。念には念を入れるに越したことはない。

「もちろん。警備を強化し、護衛を増やしてある。それに本人も程々に腕が立つから心配はない。管理体制も刷新したから、二度と何かを混入されるような不手際は犯さないよ」

ディルの力強い言葉に胸を撫で下ろす。

「それで〈呪術薬〉を入れた犯人はどうなったの？　捕まえた？」

「実行犯たちはな。宰相の手配が迅速で、すぐに王宮が封鎖されて葡萄酒の樽《たる》に毒を仕込んだ男たちは確保できた。だが、取り調べをする前に自害してしまったんだ」

「そんな――」

企ての詳細を聞き出すことができなくなったことも忸怩《じくじ》たる思いだが、自ら命を絶ってしまったことに胸が痛む。

「拘束したときに身体検査をしたはずなんだが、自害用の毒をどこかに隠し持っていたらしい」

「それじゃ〈呪術薬〉を仕込んだ目的もその正体も、犯人には訊けなかったってこと？」

「残念だがそういうことだ。とは云え、実行犯たちの足取りもだいぶ摑めてきた。彼らに呪術薬なんて大層なものが作れるとは思えないし、入手も容易ではないはずだ。そのことを考えると、裏にそれなりに力のある黒幕がいるはずだ」

「えっ、黒幕？　犯人は他にもいるってこと？」

「王宮への出入りは比較的容易だとしても、即位の儀に使われる品に近づける人間はそう多くはない。儀式用の葡萄酒は厳しく管理されていた。それなりに地位の高い誰かが関わっているだろう」

「内部の犯行……」

　身内に裏切り者がいるとなると、警戒の度合いも高くなる。

「恐らくな。目星はついているんだが、まだ確証が得られていない。闇術師が関わっているとしたら、本人の意志でなく操られたり取り込まれたりしていることも考えられる。可能性のあるものは虱潰《しらみつぶ》しに調べていくつもりだ」

　難しい顔で語る様子が頼もしい。ふと、捜査状況についてディルがやけに詳しいことが気になった。

「ねえ、もしかしてディルがその件を調べてるの？」

「ん？　ああ、何というか……俺が捜査の指揮を取ってるんだ。できるなら、現場に足を運んで自分でも聞き込みをしたいんだが、取りまとめる人間も必要だからな」

「すごい！　ディルはやっぱり優秀なんだね」

ディルは近衛師団に所属しているらしいが、きっと大勢を取りまとめる地位にあるに違いない。先日の書斎での会話は、この事件に関する報告だったのだろう。

「優秀かどうかはわからないが、全力で臨んでるよ。君を酷い目に遭わせた犯人を取り逃がすわけにはいかないからな。絶対に罪を償わせる」

　空《くう》を睨《にら》む瞳に強い決意が見える。ディルは約束したことを必ず果たすだろう。ふと、ディルの書斎の前で立ち聞きをした会話の内容を思い出した。

「……僕を守るために、この屋敷に置いてくれてるの？」

「え？」

「だって、犯人は僕が企みを阻んだことを知ってるよね？　実行犯の話を聞いたことも伝わってるなら、犯人にとって僕は不安要素のはずだから」

　どういう状況で企てを耳に挟んだのかはわからないが、ツェレンが阻止したことは事実だ。

　実際のところはどうあれ、共犯者に繋がる情報を持っていると思われたら、犯人たちに命を狙われる可能性がないとは云いきれない。

「それは――」

「ごめん、この間お客様との会話をちょっと聞いちゃったんだ」

　実家で療養しているように装い、記憶がないという情報を流しておいたのは、ツェレンを守るためのことだったのだ。

　この屋敷の警備がやけに厳重なのは、万が一所在が漏れた際の準備だったのだろう。

「なるほど、あのときか。君を不用意に恐がらせたくなかったんだ。この屋敷の敷地内にいる限り、安心して過ごしてほしい」

「ありがとう、ディル。でも、ごめんね。僕の記憶が残ってたら、犯人の手がかりも覚えてたかもしれないのに……」

「自分を責めるな。むしろ、誇っていい。君がいなかったら、この国の混乱は免れなかっただろう。何よりも君が生きていてくれただけで充分だ」

　ディルはツェレンの手を握り、そう強く云い切った。

「心配しなくても、この国の捜査機関は優秀だ。必ず犯人を捕まえる」

「信じてる。ディルがすごい人だから、国王陛下も捜査を任せてくれるんだね」

「うん？　まあ、そうかもな」

　急に曖昧な受け答えになった。自信家で心強いことを云ってくれるのに、変なところで謙遜《けんそん》をするディルに笑いを誘われる。

「ディルは国王陛下に会ったことあるよね？　どんな方なの？」

「そうだな、仕事はできるほうじゃないか？　人間的に信用できるとは思う。国民に受け入れられるかどうかはこれからの働き次第かな？」

「けっこう辛口の評価なんだね」

　国に尽くし、捜査にも心血注いでいる様子のわりに国王に対して下された評価が厳しくてびっくりしてしまった。

「まだ王位に就いて間もないからな。即位の儀を狙って、あんなことを企てられるなんて人望がない証拠だ」

「人望はわからないけど、どうして陛下は狙われたの？」

王位に就く前に狙われたということは、国民からの恨みではない気がする。前王が亡くなっての王位継承なのに、揉めることなどあるのだろうか。

「いまの国王は急逝した先代を継いだのだが、本来ならその予定ではなかったんだ」

「どういうこと？」

王位の継承順については法律で決まっている。争いごとにならないよう、細かくその規約が定められているのだ。

「先代には幼い息子がいて、本来なら継承権第一位はその王子だ。だけど、彼はまだ四歳と幼くてね。彼の母である先代の王妃殿下が後見に立ち、治世を行うという選択肢もあったんだが、それだって容易なことではないだろう？」

「後見がついたって、四歳の子には難しいよね」

物心ついたばかりで社会のことなどわかるわけがないし、まだまだ甘えたい、遊びたい盛りだ。国を背負う重圧を背負うとなれば、子供らしく過ごす時間を失うことになる。

「臣下との謁見の場にいるだけでも苦痛だろうな。妃殿下には生まれたばかりの王女もいる。妃殿下は王子、王女ともに成人するまでは国政に触れずに育てたいと希望があったんだ。そこで一時的に先代の弟が王位に就くことになった」

「そんな事情が……」

謂《い》わば、いまの国王は代理ということか。話を聞く限り、それが最善の方法だっただろう。

「ただ、周辺には納得しない者たちもいてね」

「納得しないってどういうこと？」

「政《まつりごと》は単純ではないということさ。王一人では何もできないし、貴族たちには貴族たちの都合があるからな。幼い王子が王位に就いたほうが有利だと思う者たちもいたんだろう」

「都合って……そのために陛下を狙ったということ？」

「反対派の仕業かどうかはまだわからない。だけど、世の中には私利私欲に塗《まみ》れた大人が多いってことだよ。私腹を肥やしたいなら、もっと頭を使って上手く立ち回ればいいんだ。隠し立てする気もない輩が多すぎる」

苛立ち混じりの言葉は、ディルの本心のようだ。

近衛として国王を一番近くで守っていると、彼を取り巻く有象無象《うぞうむぞう》を否が応でも目にしてしまうのだろう。

「そういえば、葡萄酒に入れられてた薬にかかってた〈呪術〉がどういうものだったかわかった？」

「……いや、それはまだだ」

ツェレンの問いかけに、ディルは表情を曇らせた。やはり作り手のわからない呪術を解き明かすのは、相当難しいのだろう。

「とにかく、陛下が飲まなくて本当によかった。どんな術がかけられているかわからないけど、悪い目的だってことは間違いないわけだし。不幸中の幸いってこういうことを云うんだね、きっと」

どんな気持ちで葡萄酒を呷《あお》ったかは覚えていないけれど、自分に躊躇《ためら》いなどなかったはずだ。臣下であるツェレン一人の犠牲で国王が守れたなら安いものだ。正確には犠牲になったとも思っていない。云うなれば臣下の義務を果たしただけだ。

「どうしてそう笑っていられるんだ？　君は国王の身代わりになって死ぬような目に遭って記憶を失ったんだぞ」

ディルは抑えていた怒りを滲《にじ》ませる。もしかしたら、犯人に対して一番憤りを覚えているのはディルかもしれない。

被害者であるツェレンは当時の状況がわからないこともあり、怒りの気持ちが湧いてくることはなかった。

「うーん、思い出せないことが辛《つら》くないって云ったら嘘になるけど、僕にはディルがいてくれるから。こうやって傍にいてもらえるのは記憶喪失のお陰でもあるわけだし、それは役得だったなって思ってる」

「ツェレン……」

ディルの苦い表情は、ツェレンへの憐憫《れんびん》の表れだろう。近衛師団の団員として忸怩たる思いがあるのかもしれない。

だが、ディルがそんなふうに気負う必要なんて何一つない。

彼がいてくれなかったら、記憶のない心許なさと焦燥感に押し潰されていたかもしれない。そのことに感謝こそすれ、罪悪感を覚えないで欲しい。

「でも、やっぱり早く思い出したい気持ちはあるかな。ディルが話してくれる思い出が楽しそうで、前の僕がかなり羨ましい」

　空気を変えようと、努めて明るく告げる。すると、ディルもようやく口元を綻ばせた。

「いくらでも時間はあるんだ。これから思い出をたくさん作っていけばいいじゃないか。とりあえずは無理をせず、まずは体を万全にしよう」

「……うん」

　ディルの優しさが身に染みる。

「さあ、もう遅いから眠るといい。おやすみ、ツェレン」

　額に優しい口づけを落とされる。ドキリとしたけれど、柔らかな感触は魔法のように、睡魔を呼び寄せた。

（ディルはどうしてこんなに優しくしてくれるんだろう……）

　世話係や幼馴染みというだけでなく、もっと特別な関係だった気がする。そんなふうに思うのはおこがましいことだろうか？

　子供にするようにぽんぽんと胸元を叩かれているうちに、ツェレンはあっという間に眠りに落ちた。

5

「起きろ、ツェレン！　いい天気だぞ」

「……う……眩《まぶ》しい……」

カーテンを大きく開け放たれ、朝日がたっぷりと差し込んでくる。ツェレンは眩しさに目を細めながら、のろのろと上半身を起こした。

「まだ早くない……？」

起き抜けでまだ頭がしゃっきりしない。

自分はあまり朝が強いほうではないようだ。正面に設置された柱時計を見ると、普段の起床時間よりもずいぶんと早かった。

「こんな気持ちのいい日に寝てるなんてもったいない。ほら、空気も清々《すがすが》しいだろう？」

窓が開けられた瞬間、爽やかな風が吹き込んでくる。数枚の花びらも一緒に舞い込んできた。

「確かに気持ちいいけど、もうちょっと寝ちゃダメ？」

寝穢《いぎたな》いほうではないけれど、早起きは得意でもない。眠気が体に纏わりつき、瞼もくっついてしまいそうに重たい。

ディルはツェレンの膝の上にどさりと服を置き、はきはきと声をかけてくる。

「今日はダメだ。さあ、着替えて出かける準備をして。探検に行こう」

「探検……？」

「毎日、庭の散歩と階段の上下だけじゃ退屈だろう？　だいぶ体力も戻ってきたようだし、裏の森の〈秘密基地〉まで行って、そこで昼を食べよう」

「〈秘密基地〉に連れていってくれるの!?」

ディルの誘いの言葉に、一気に目が覚める。先日聞かせてもらった秘密基地の話には、童心に返ったように胸が弾んだ。

「〈秘密基地〉に向かう道は高低差もあるから鍛錬にもなるし、気分転換にもいいんじゃないか？」

「行きたい！　すぐ準備するから待ってて！」

ツェレンは張り切って飛び起きると、顔を洗うために洗面台に走っていった。


「すみません。張り切って作りすぎて、荷物が重くなってしまったかもしれません」

ディルはバトゥから大きな籐籠を受け取っていた。布巾がかけられ、その端からは硝子の瓶が顔を覗かせている。

「俺のほうこそ、急がせてすまなかったな。このくらいの重さ、なんともない」

「それは？」

中味が気になって訊《たず》ねると、ディルは自慢するように籐籠を掲げて見せた。

「〈秘密基地〉で食べる昼食を作ってもらったんだ」

「ツェレン様のお好きな焼き菓子も入っていますから、たくさん食べてくださいね」

「本当ですか？　楽しみにしてます！」

「くれぐれもお気をつけて行ってらしてくださいね」

「はい、いってきます！」

　心配そうなバトゥに見送られながら、裏山の小径へと足を踏み入れた。急な坂道のところは丸太を打ち込んで階段を整備してある。

　木々には若芽が芽吹き始めていた。伸びた枝が覆い被さっているところもあるけれど、小まめに人の手が入っているようで歩きやすい道だった。

　森林の中の空気は清々しく、気持ちがいい。頬を撫でる風は優しく、日差しも穏やかで温かい。遠くから聞こえる小鳥の声は可愛らしく爽やかだ。

　ただ、森というには坂道がやけに続く。森全体が小さな山になっているのかもしれない。

「ねえ、最近忙しいみたいだけど今日は一日お休みなの？」

　ディルは相変わらず、ツェレンが寝つくまで傍にいてくれる。最初の頃と違うのは、目を覚ましたときにはいなくなっているということだ。

　早朝に職場に出勤しているらしく、帰宅は日が暮れ始めた頃になることが多い。夕食は一緒に摂るけれど、ツェレンが眠る時間になるまでは部屋に籠もって書類仕事をしているようだ。

「ああ、一日休みをもらったから、ゆっくりできる」

「せっかくのお休みなのに、早起きさせちゃってごめんね」

仕事をして、ツェレンの世話も焼いて、どう考えてもディルには睡眠時間が足りていない。たまの休みなら休息に当てたほうがよかったのではないだろうか。

「謝る必要なんてない。せっかくの休みだから、ツェレンと一緒にいたいんだ。このところ、話す時間が少なかっただろう？」

「僕なら平気だよ。それよりも、ディルにあんまり無理してほしくない」

ディルは夜は必ず傍についていてくれるし、仕事をしている間も退屈だろうと本を差し入れてくれたりと気遣ってくれる。

それらの配慮がありがたい反面、彼の負担になっているのではと申し訳なく思っていた。

「心配してくれてありがとう。でも、俺が大丈夫じゃないんだ。ツェレンと過ごす時間が足りないと元気が出ないんだよ」

「え？」

「君がいてくれるから、俺は頑張れるんだ」

向けられる優しい微笑みにドキリとする。最近はディルと接することにも慣れてきて、ドギマギするのも減っていたけれど、やはりこうして見つめられると鼓動が落ち着かなくなる。

「そ、そういえば、叔父様から返事は来た？　僕からも手紙書いたほうがいいかな？」

顔が赤くなっているのをごまかそうと、遠くに視線をやりながら無理やり話題を変える。

「……返事はまだだ」

「そうなんだ……」

「ほら、ツェレンの郷里までは遠いと云っただろう？　北方は悪天候が続いていたから、こちらへの手紙の配達も遅れているんだろう」

　先日と同じ推測を口にするディルの言葉は妙に歯切れが悪い。

　ツェレンの家族の話にはあまり触れたくなさそうにも見えた。もしかしたら、自分は叔父家族とはあまりいい関係ではないのかもしれない。

　目を覚ましてから一カ月ほどが経っている。いくら家が遠いといっても、家族なら見舞いに来るのが普通ではないだろうか。

（もしかして、僕は叔父様たちにとって邪魔な存在だったのかも……）

　考えてみると、いくら貴族の子弟は国に仕えることが義務とはいえ、六歳から寮で暮らすなんて滅多にあることではないはずだ。

　遠く離れた王都の学校に入れたのは、体《てい》のいい厄介払いだったのかもしれない。

　親を失った子を育てるのは容易なことではない。気乗りしない状況で、叔父という立場上やむを得ず引き取るしかなかったのかもしれない。

　いくらディルが親友だとはいえ、毒を飲んで意識不明になった家族をよその家にすんなりと預けるものだろうか。

　手紙の返事がないのは特に気にかけた存在ではないからで、ディルはそんなツェレンの境遇を察して自分の屋敷に招いてくれていたのだろう。

血縁者はいても家族はいない——そんな自分が王都の学校に入学し、寮でディルと同室になれたことは人生において最大の幸運だったに違いない。

「本当のこと教えてよ。何を聞いても大丈夫だから」

「ツェレン……」

「叔父様たちにとって、僕は〝家族〟ではないんでしょう？」

直裁《ちょくせつ》に訊くと、ディルはしばらく押し黙ったあと、言葉を選んで教えてくれた。

「昔からあまり上手くいっていない様子ではあった。幼い君もそれをわかっていたから、王都に一人でやってきて頑張っていたんだろうな」

幼くして両親を亡くした上に、引き取られた先の叔父夫婦に疎まれているとは話しにくかったのだろう。

「そっか。でも、そのお陰でディルと会えたんだから感謝しないとね。地元で暮らしてたら、知り合うことだってなかったでしょ？」

子供時代をディルと過ごせたのは、叔父が厄介払いで寮に入れてくれたからだ。その記憶はないけれど、それがあったからいまこうして並んで歩けている。

「云われてみれば、確かにそうだ。俺も公爵に感謝すべきだな」

世の中、ままならないことはたくさんある。きっと、叔父家族とは相性がよくなかったのだろう。そのことはもちろん残念だけれど、何ごとも万事が上手くいくなんてありえない。

ままならないことにくよくよしても何も始まらない。いまできるのは、前を向いていくことだけだ。

そう自分に云い聞かせ、地面を踏みしめる一歩に力を込めた。

「ツェレン、あまり急ぐな。最初に頑張りすぎると、あとでバテるぞ」

「大丈夫！　ずいぶん体力もついてきたんだ。最近はよく眠れてるから、昼間の怠《だる》さが全然ないんだ」

「そういえば、朝まで目を覚まさないことのほうが多くなったな」

　先日、夜中に部屋を抜け出して以降も、ツェレンは何度か眠ったまま起き出して、どこかに行こうとした。そのたびにディルに起こしてもらい、我に返るというのを繰り返した。

　夢を見ているときに、そうやって動き出すことが多い。どうやら、浅い眠りが続くと無意識の行動をするようだ。

「少し術の効果が薄らいできたのかもな。呪いは精神が疲弊したり、身体機能が落ちているところに入り込んでくる。体力がつけば、抵抗力も増すんだろう」

「それじゃあ、もっとしっかり食べて体を動かさなきゃ。バトゥさんのご飯のお陰で体重も増えてきたんだよ」

　寝たきりで骨と皮ばかりになっていた体にも、だいぶ肉がついてきた。毎日屋敷の周りを歩き、階段を上がり下がりすることで体力も回復してきたようだ。

　そのお陰か、今日はまだ息が上がっていない。

「毎日、栄養たっぷりの食事を作ってくれているからな」

「今日のお昼も楽しみだね。あっ、そろそろ僕が荷物持つの替わるよ」

　重たい籐籠をディルに持たせたままだということに気がついた。

「大丈夫、大した重さじゃない。君は足下に気をつけて歩いてくれ」

「すぐそうやって子供扱いするんだから！」

「子供扱いじゃない。病人扱いだ」

拗《す》ねて見せるツェレンに、ディルは声を立てて笑った。

「それにしても、懐かしいな。昔はよく二人でこうやって歩いたよ。水と軽食を持って、おやつは現地調達」

「現地調達？」

「木苺《きいちご》の実を摘《つ》みながら歩くんだ。山菜も採れるし、秋になれば茸《きのこ》も大きくなってくる」

「茸も採れるの？　秋になったらまた来たいなあ。ディルは木苺がなってる場所覚えてる？」

想像するだけで空腹が刺激される。起き抜けは食欲がなくて朝食は控えめにしてきたから、いまになってお腹が空いてきた。

「ああ、もうちょっと行くと群生してる。そろそろ実がなってる頃じゃないか？」

「本当に？　あっ、あそこにあるのがそうかな？」

遠くに目をやると、茂みの中に小さな赤いものがいくつも見えた。

「ああ、本当だ。今年は豊作だな」

「ねえ、バトゥさんにお土産に摘んでいこうよ」

「そうだな、きっと喜ぶ。でも、帰りのほうがいいんじゃないか？　荷物にもなるし、鮮度が落ちる」

「それもそうだね。じゃあ、ちょっと味見してくる！」

そう云って、ツェレンは走り出した。空腹も相俟《あいま》って待ち切れなくなってしまったのだ。

「あまり走るな。転んだらどうする」

「大丈夫！」

毎日体を動かすようにしているし、筋力を戻すための訓練もしている。ちょっと走ったくらいで足が縺れることはないはずだ。

なだらかな坂道を駆け上がると、一面に木苺が生えた一角があった。ディルの云うとおり歓声を上げたくなるくらいの豊作だった。

「うわ、実も大きくて美味しそう」

試しに一つ摘み、口の中に放り込む。

「甘い！」

甘酸っぱい素朴な味と芳醇《ほうじゅん》な香りが口の中いっぱいに広がる。つぶつぶした種の感触も楽しくて、食べる手が止まらない。

「棘《とげ》があるから気をつけるんだぞ！　あと、このあと昼食を摂るんだから食べすぎないようにな」

ディルは心配そうに呼びかけてくるけれど、ついつい童心に戻ってはしゃいでしまう。

「わかってる！　ディルもこっち来て食べてみてよ。甘くて美味しい――ん？」

ふと茂みの向こうを見ると、焦げ茶と灰色が混じった固まりが見えた。その周りに焼きたてのパンのような丸っこいものがわらわらとしている。

（猪《いのしし》だ）

瓜坊《うりぼう》たちの可愛らしさに相好を崩す。微笑ましく眺めていたそのとき、グルルル、と低く呻《うな》るような音が聞こえた。

「え？」

どうやら母親が子供を連れて木苺を食べに来ていたらしい。呻っているということは、ツェレンを敵だと思っているということだ。

思わぬ状況に、ツェレンは血の気が引いた。

（――しまった）

子育て中の獣は気性が荒い。子供たちに危害を加えられまいと警戒する中、食事を邪魔されたことで怒り心頭といったところか。

「ごごごごめん！　邪魔するつもりじゃなかったんだ！」

云い訳をするが、彼女に言葉は通じない。ツェレンには母猪を宥める術《すべ》はなさそうだった。

この場から遠離《とおざか》るのが最適な手段だ。だが、走って敵《かな》う相手ではないだろう。真《ま》っ直《す》ぐに突っ込まれたら、あの二つの牙が刺さり無事ではいられない。

「すぐいなくなるから大丈夫。本当に何もしないから、ね？」

「おい！　どうしたんだ、ツェレン」

「ディルは危ないからこっち来ないで！　絶対に来たらダメだからね！」

こちらに駆け寄ってこようとするディルを制止する。

「何があった？」

「猪のお母さんの邪魔をしちゃって……でも、大丈夫だからディルはそこにいて！」

下手に刺激をして、ディルに向かっていってしまったら大変なことになる。

（ディルは僕が守らなきゃ）

傷つける全てのものから彼を守るのが、自分の役目だ。痛みも憂いも悲しみも、彼には何一つ味わわせたくない。

「ほら、こっちに来い！」

グルルル、と呻る猪を挑発する。

「危ない真似《まね》はよせ、ツェレン！」

「僕は大丈夫だから、ディルは離れてて！」

猪がディルに気づく前に引き寄せようと走り出す。小径ではなく木々の間をジグザクに走っていく。力強く地面を蹴る音が聞こえてくる。

もう少し走ったら、木に登って怒りが落ち着くのを待つしかない。手頃な太さの木を発見したツェレンはそこに向かって走っていく。

「えっ」

しかし、繰り出した足が地面を捉えることができず、空を切った。数拍遅れて斜面に足の裏が着地する。一瞬安心したのも束《つか》の間《ま》、そこで踏ん張ることができなかった。

（まずい）

一瞬の浮遊感のあと、体は固いでこぼこにぶつかりながら転がり落ちていく。

「うわっ、痛っ」

どうにか頭を守りながら、空が三回転したところで落下が止まる。

「と、止まった……」

思ったほど高い崖ではなかったらしい。草の生えた地面に投げ出されたお陰で、体の痛みは然程《さほど》なかった。

視界に一面の青が映る中、ツェレンは安堵の息を吐く。小鳥が二羽戯れながら飛んでいく様子が微笑ましい。

崖の上から覗いていた母猪は危険が去ったと判断したのか、くるりと反転していなくなった。

「ツェレン！　大丈夫か!?」

危機を脱したことにほっとしていたら、ディルが血相を変えてこちらに向かってくる様子が目に飛び込んできた。

ディルはツェレンが転がり落ちた急斜面を巧みに滑り降り、駆け寄ってくれる。

「ディルのほうこそ危ない目に遭わなかった？」

「俺は君のおかげで何ともない。まったく、何て無茶を……どこか痛いところはあるか？」

「ないない、大丈夫だって。頭も打ってないし——痛っ」

「どうした？　どこが痛い？」

「足を捻《ひね》ったみたい」

立ち上がろうとした瞬間、鋭い痛みが足首に走った。崖の縁を踏み外したときに捻ってしまったのだろう。

「ああ、本当だ、腫れてきてるな。これは早く手当てをしないと」

はしゃぎすぎて調子に乗った自分を後悔する。あのとき、ディルの忠告に従って木苺を摘むのを程々にしておけば、母猪と鉢合わせることもなかったはずだ。

「どうして猪を刺激するようなことをしたんだ。あのまま突進されたら大怪我をしていたかもしれないんだぞ」

「ごめんなさい……。あのままだとディルのほうに行っちゃうんじゃないかって思って……」

「俺を庇《かば》って犠牲になるつもりだったのか？」

ツェレンの答えに、ディルは大きく目を瞠《みは》る。

「犠牲って大袈裟だよ。上手く避《よ》けるつもりでいたし、ディルは生き物を不用意に傷つけたくないって云ってたでしょ？　結局、こんなことになっちゃったけど」

体が逞しく腕に自信があれば、もっと違う方法もあったかもしれない。だけど、あの状況のツェレンにはこうするしか方法がなかったのだ。

結果的にはディルを危険に晒すことなく、猪を傷つけずに追い払えてほっとした。

「……君はどうしてそうやっていつも俺を守ろうとするんだ？　君の身にこれ以上何かあったら――」

「ディルを？　前にもこういうことがあったの？」

「それは――」

ディルは悲しい顔で云い淀《よど》んだ。もしかしたら、以前に彼を庇って大きな怪我をするようなことがあったのかもしれない。

（それを気に病んでる？）

だとしても、そのことで負い目を感じる必要など微塵もない。こうしてディルが無事でいるということが、ツェレンにとっては何よりの喜びなのだから。

「さっき、ディルを守るのが僕の使命なんだって気づいたんだ。どうしてかはわからないけど、多分それが僕にとって一番大事なことなんだと思う」

あの瞬間、ディルを守るのが自らの存在意義だと気がついた。自分はそのために生き、彼の傍にいるのだと感じたのだ。

きっと、いまも昔もディルが自分の最重要事項なのだ。

「ツェレン――」

「ディルには痛い思いも辛い思いもしてほしくないんだ。ディルが幸せでいてくれることが、僕の幸せなんじゃないかなって」

「その気持ちはありがたいが、君が俺の代わりに傷ついたら悲しくて辛い気持ちになる。それについてはどう考えてるんだ？」

「え、あっ、そっか、そうなんだ。それは困ったな……」

ディルの予想外の問いかけにはっとする。もしも、ディルが自分を庇って痛い思いをしたら、自分が怪我をするよりも辛くなるだろう。

ディルも同じように思ってくれていることを嬉しく思うと同時に考え込んでしまう。

「何でも二人で分かち合えればいいのかもな。楽しいことも辛いことも、半分ずつなら大したことはない。一人では難しくても、二人なら解決できることだってあるはずだ」

「それはいい考えかも」

一足す一は二以上の力を発揮することもある。お互いを庇い合うのではなく、助け合えればもっと強くなれるはずだ。

「――とは云え、いまはこの怪我を手当てするのが先だ。靴を脱がせるから、痛くても少し我慢してくれ」

「う、うん」

ディルは丁寧に靴紐を解き、足から靴を抜いてくれたけれど、腫れてきていた足首がなかなか抜けず痛みが走る。

「酷い捻り方をしたな。少し動かすぞ」

「痛っ」

「骨は折れてなさそうだな。ただ、これはしっかり冷やさないとダメそうだ。きっともっと腫れ上がってくる。小屋の裏に湧き水の小川が流れてるから、その水で冷やそう」

ディルはそう話しながら籐籠にかけてあった布巾を足首に巻きつけ、動かないように固定する。

「小屋まであとどのくらい？　固定してもらったから歩けるんじゃないかな？」

「バカなことを云うな。腫れが引くまでは歩いたらダメだ」

「木の枝を杖《つえ》にすれば歩けるんじゃない？」

「手当てもできてないのに負担をかけたら怪我が酷くなるだろう。治りが遅くなってもいいのか？　ほら、背中に乗って。小屋で手当てをしよう」

「えっ、それはさすがに……」

庭から屋敷に戻る程度の距離ならともかく、山道を背負ってもらうのは気が引ける。

「いいから。いまは鍛えてるから、ツェレンくらい平気で背負える」

「いや、でも、この崖も急だし……」

「この先に傾斜が穏やかなところがあるんだ。そこを登れば元の道に戻れる」

辞退しようとしたけれど、ディルはこちらに背を向けてその場に屈《かが》んでしまった。

「ほら、早く」

「じゃ、じゃあ、失礼します……」

歩くにしても、ディルに支えてもらうしかない。どちらにしても迷惑をかけるのなら、思い切って甘えることにした。

ツェレンは腰を下ろしたディルの背中に、緊張しながらそっと負《お》ぶさる。ディルの広い背中は、ツェレンを包み込むような温かさだった。

「重かったら降りるからすぐに云ってね」

「そんなことより、もっとちゃんと摑まれ」

「こ、こう？」

「それじゃ落ちる」

「……っ」

遠慮がちに肩に乗せていた手をぐいと引っ張られ、体がさらに密着した。背中越しに心臓の高鳴りが伝わってしまわないかとヒヤヒヤする。

触れ合うと、見た目よりも逞しい体つきだということがわかる。普段からかなりの鍛錬を積んでいるようだ。

「足を前に出してくれ。うん、それでいい。いいか？　立ち上がるぞ」

「う、うん」

ディルはツェレンの足を掬い上げて固定すると、ゆっくりと立ち上がった。体が浮き上がる不安定さに、ツェレンは思わず強くしがみつく。

「はは、そんなに必死に捕まらなくても落としはしないよ」

「ねえ、本当に重くない？」

「羽みたいに軽いよ」

「そこまで軽いわけないでしょ」

いくら小柄とは云え、成人男性一人を背負って歩くのは容易ではないはずだ。ディルの軽口に、ツェレンも笑いを誘われた。

しばらく進むと、大木の右手から細い獣道が伸びていた。これがさっきディルが云っていた道なのだろう。

「ごめんね、迷惑かけて……」

「迷惑なんて思ってない。誰にだって思わぬ不運はある。だけど、やっぱりツェレンはツェレンだな」

ディルは小さく笑う。何かを思い出しているかのようだ。

「どういう意味？」

「いまは俺の世話をするくらいしっかりしてるけど、小さい頃はさっきみたいによく転んでた。気になるものがあると、そればかりに夢中になって注意力散漫になるんだよな。初めて一緒にこの森に来たときも、そうやって足を捻ったんだよ」

元々、自分はドジだったということだろうか。

「もしかして、僕って運動音痴？」

「ん？　まあ、得意なほうではないな」

歯切れの悪い返事は肯定の意なのだろう。薄々気づいていたけれど、ディルに認められてしまうと立つ瀬がなくなる。

「人間、誰しも得意不得意があるんだ。気にすることはない」

「でも、ディルは頭もいいし、運動もできるんでしょ？　すごいなあ」

「俺からしたら、君のほうがずっとすごい。物怖《ものお》じせず、どんな人とも初対面ですぐに仲よくなってしまうんだからな」

「別にそんなの特別なことじゃないよ」

「誰にでも心を開けるのはすごい才能だよ。それは君が生まれ持った宝物だ。俺には持ち合わせのないものだ」

「ディルは優しくて、細かいところにも気がつくのに？」

「それはツェレンのことだからだ。君以外の人間には本当に興味がなくてね」

「え、そんなに僕って面白《おもしろ》い？」

元々そそっかしいようだし、そういう意味で目が離せないのかもしれない。

「そういう意味ではないんだが……まあいい。見てみろ、ツェレン」

「わっ」

そう声をかけられて顔を上げたツェレンは、普段とはまったく違う視線の高さに目を瞠った。

山道の傍らにはちらほらと山吹色の花をつけた木が植わっていた。背負われたまま花をつけた枝に顔を近づけると、ほんのりと甘い香りが漂ってくる。

至近距離で見ると、一つの大きな花ではなく小花が集まっているのだとわかった。頭一つぶん高くなると、見えるものが全然違う。

（ディルは普段こういうふうに見えてるんだ）

何よりも、好きな人の視界を共有できたことが嬉しかった。

「まだ肌寒いが夏もすぐに来るだろう。また違った景色になるぞ」

「僕ももうちょっと背が高かったらよかったなぁ。そうしたら、背負ってもらわなくてもこの光景が見えるのに」

「見たくなったら、いつだって俺の背中に乗ればいい」

「そんなに甘えられないよ」

「俺はもっと甘えて欲しいけどな」

「そんなに甘やかされたら、何にもできなくなっちゃいそう」

「……それでも構わない」

「え？」

声が小さくて聞き取れなかった。

「何でもない。なあ、ツェレン。ずっとこのままで構わないと思わないか？」

「どういうこと？」

「記憶だよ。もちろん記憶が戻るのが一番だろうが、無理に思い出さなくても君は君だ。過去よりもいまを大事にしたほうがいいんじゃないか？」

「いまを大事に？」

「覚えていないことを気に病むよりも、新しい人生を歩むのも悪くないんじゃないかと思ったんだ」

ディルの云うことにも一理ある。一般的な知識は残っているし、このまま思い出さなくても生きていくには支障はないだろう。

「そうだね。過去にばっかり囚《とら》われてるのはよくないね。前と同じ仕事につくのは難しいかもしれないけど、きっといまの僕にも何かできることはあるはずだよね」

「ツェレンなら、何だってできるだろ。やりたい仕事があるなら、俺が手助けをする。もっと勉強がしたいならそれもいい。俺は一生、君と共に生きていくつもりだ」

「ちょ、そんな大袈裟な」

まるで求婚のようで、ドキマギしてしまう。

「大口を叩いてるわけじゃない。これは俺の本心だ」

「ディル――」

淡々とした口調が、彼の真剣さを示している。

「記憶がない不安は俺には想像しきれるものじゃない。だけど、俺がいつでも傍にいる。心配しなくても君には何の不自由もさせないし、二度と危険な目にも遭わせたりしない。神に誓うよ。俺たちは家族みたいなものだからな」

「う、うん、ありがとう」

ディルの言葉は嬉しかった。だけど、それ以上に困惑している自分がいる。

（本当に僕たちはただの親友なの？）

親友、そして相棒として支え合っていけたら、と思っていた。だけど、ディルの言葉からはそれ以上のものを感じた。

それは彼に惹かれているせいで、そう勘違いしたくなってしまうのだろうか。

ディルへの想いが日増しに大きくなっている。恋ではなく憧れと敬愛だと自分に云い聞かせているけれど、自分では制御できなくなってきていた。

大きな背中に負ぶさりながら、呑《の》み込みきれない感情を持て余すのだった。

6

「ようこそ、俺たちの〈秘密基地〉へ」

「ここがそうなんだ……！」

ディルはツェレンを背負って半刻ほど歩いたところで足を止めた。

木立が少なく開けたところにこぢんまりとした小屋があった。周囲には春になって育ってきた草花が背を伸ばしている。

ツェレンはディルに背負われたまま小屋を見上げた。丸太を組み上げた質素な趣だが、しっかりとした造りが見てとれた。

扉の横に置かれている短く切られた二つの丸太は椅子代わりだろうか。

飛ばされてきた葉っぱや枝が扉の前に溜《た》まってはいたけれど、定期的に手入れがされているようで大きく傷んでいる箇所は見当たらなかった。

「二人で来るのは二、三年ぶりかな。君と一緒に掃除したり修理したりして、ここまで使えるようになったんだ」

「どうして一緒に来なくなっちゃったの？」

「お互いに仕事が忙しくて、なかなか足を向けられなかったんだ。俺はたまに手入れのために来てたけど、のんびり過ごす余裕もなくてね。さすがに埃《ほこり》が溜まってそうだな。空気を入れ換えるから、ちょっと待ってて」

ディルはツェレンを扉の前の階段に下ろして座らせ、その横に籐籠を置くと、自分だけ中に入っていった。

ツェレンはそこに座ったまま、辺りを見回す。はっきりとした記憶はないけれど、どこか懐かしさを感じる。

現状、思い出せないのは自分と関わった人物に纏《まつ》わるものばかりだ。この〈秘密基地〉の記憶がないのは、ディルとの思い出だからだろうか。

「まだ少し埃っぽいけど、我慢してくれ。さあ、入って」

出てきたディルに肩を貸してもらい、小屋の中に足を踏み入れる。

「わあ……」

わくわくしながら入った〈秘密基地〉の中は、想像以上に素敵だった。

大きな古い長椅子に丸太で作られた机、あとから作りつけたと思《おぼ》しき歪《いびつ》な棚にはたくさんの瓶や器が並んでいる。

明かり取りの窓には歪みのある硝子が塡められていた。暖炉の脇に薬缶《やかん》や鍋が置かれているということは、ここで食事をすることもあったのかもしれない。

天井から吊《つ》り下げられた角灯に明かりが灯《とも》れば、また雰囲気も変わりそうだ。

確かに少し埃っぽいけれど、壁に吊るされた薬草の香りが微かに漂っていてとても落ち着く空間だった。

「この長椅子、どうやって小屋の中に入れたの？」

背もたれよりも座面が広く、どう見ても扉より大きい。縦にしても横にしても通り抜けるのは至難の業に思えた。

「解体して一つずつ部品を運んだんだ。で、ここで組み立てた。寝台にもできるように綿入れを作って椅子に括《くく》りつけたんだ」

「え、これも作ったの？」

「不要になった窓掛けをもらってきて、二人で両端から縫ったんだ。縫い目は酷い出来だから裏返したりするなよ。だいぶへたってきたけど、座り心地は悪くないだろう？」

「すごいね。何でも自分たちでやったんだ」

まさにここはディルとツェレン、二人の〈城〉なのだろう。どんなふうに作り上げていったのか想像するだけで楽しくなってくる。

ディルの口から思い出話を聞くのは楽しく興味深い。ただ、自分のことを教えてもらっても見知らぬ誰かのことのようで、一抹の淋しさは拭えなかった。

「くしゅっ」

「山の中はやっぱり寒いな。暖炉をつけよう」

「大丈夫だよ。ちょっとむずむずしただけだから」

「温かいものも飲みたいしな。湧き水を汲んでくるから、これを羽織って少し待っていてくれ」

ディルは長椅子の下から引っ張り出した木箱から毛布を取り出し、ツェレンの肩にかけてくれる。

「うん、気をつけてね」

一人になり、改めて小屋の中を見回した。棚には歪な形の馬の人形や綺麗な小石の詰まった瓶も置かれている。子供がいた気配が感じられ、微笑ましさで口元が緩む。

自分たちはここでどれだけの時間を過ごしたのだろう。

（いまの僕とは違う僕だけど……）

懐かしさを感じるのに、何も思い出せない。すぐそこにあるとわかっているのに、手が届きそうで届かない。そのことが、ツェレンを苛立たせた。

「お待たせ。湧き水も濁ってなかった。念のため、沸かしてから飲もう」

ディルが小脇に薪を挟み、両手には水を汲んだ桶を抱えて戻ってきた。

「僕も手伝うよ！」

「ツェレンは座ってろ。足がまだ痛いだろう？　ああ、こんなに腫れて可哀想《かわいそう》に。早く冷やしたほうが治りが早い。薬草も採ってきたから湿布にしよう」

ディルは跪《ひざまず》き、ツェレンの足を膝の上に乗せた。固定するために巻きつけていた布巾を取ると、捻った足首はさっき以上に腫れていた。冷たいディルの手に触れられると気持ちがいい。

「こうしてしばらく冷やしておけば痛みも治まるはずだ」

ディルは布巾を湧き水で濡らして、腫れ上がった足首に乗せてくれた。ひんやりとした感触が痛みを和らげてくれる。

「ありがとう、ディル」

「どこかに救急箱をしまっておいたと思ったんだが……」

　長椅子の下や棚を探し回り、やがて小さな箱を見つけ出した。中には硝子の瓶や包帯が納められていた。

「軟膏《なんこう》はダメそうだけど、包帯はまだ使えそうだな」

　ディルは摘んできた薬草を手で揉み込んだあと、濡れ布巾で冷やしていた患部にそれを当て、包帯で巻いてくれる。

「すーっとして気持ちいい」

「これはニガヤマブキといって炎症を抑えてくれる効能があるんだ。一晩こうしておけば腫れも引くだろう」

「ディルは薬草にも詳しいんだ」

「一時期、ちょっと興味があってね。薬学の基本だし、こういうときに何かと便利だろう？　これは胃腸の調子が悪いときとか二日酔いのときに煎じて飲むと効くんだが、その代わり死ぬほど苦い」

「熱冷ましの薬より？」

「あれの十倍は苦いな」

「十倍⁉　僕も飲んだことある？」

　熱冷ましの薬の苦さといったら思い出したくもない酷さだった。口の中全体に広がって、後味もなかなか消えてくれない。あれの十倍も苦いなんて想像もできない。

「ないよ。君は食事や飲酒で羽目を外すことがなかったからな。せっかくだから経験の一つとして飲んでみるか？」

「えっ、ちょっとそれは……」

熱冷ましの薬ですら毎回意を決して口にして、口直しの飲み物までもらっているのに、あれの十倍苦いものが飲めるとは思えない。

「ディルはよく飲んでるってこと？」

「酒を飲みすぎた日の翌朝とかにね」

「飲みすぎなければ、苦い煎じ薬を飲まなくてすむのに？」

「そこは大人の事情があるんだよ」

ツェレンの素朴な疑問に苦笑いを浮かべながら、ディルは火打ち金を使って、あっという間に暖炉に火をつけた。

薪はよく乾いていたようで、小気味よくパチパチと爆《は》ぜながら燃えている。じわじわと大きくなっていく炎を見ていると何だか気持ちが落ち着く。

ディルは暖炉の火をいくつかの蠟燭《ろうそく》に移す。夕日の色に似た明るさが室内を照らし出した。

「美味しそうな匂いがする」

「椰子《やし》油で作った蠟燭だ」

外は明るい時間とはいえ、小さな窓しかない小屋の中はやや薄暗い。しかし、蠟燭と暖炉の炎でだいぶ明るくなった。

「すぐに暖かくなる。香りは落ちてるけど、茶葉もまだ使えそうだな」

ディルは棚から取り出した丸い筒状の缶の蓋を開けて匂いを嗅ぐ。

湧き水を入れた薬缶を火にかけ、茶器を丸太の机の上に並べた。

「少し早いが昼食にしようか。ずいぶん走っただろうし、腹が減っただろう？　バトゥが張り切って作ってくれたんだから、籠を空にして帰らないとな」

「うん、お腹空いた」

籐籠の中からは香ばしい匂いのするパイや焼き菓子がいくつも出てきた。

手で食べられるように、それぞれが小さな形になっている。それを目にしただけで、口の中に唾が溢《あふ》れてくる。

「美味しそう……！」

「ツェレンの好物ばかりだからな。小さい頃から、ことあるごとにこのパイを焼いてくれとねだってたよ」

そう云われると、否が応でも期待値が高まる。

「その瓶は？」

「庭で収獲した果実を使って作った銀柑酒だ。味見してみたいって云ってただろう？　香茶に少し垂らすとさらにいい香りになるんだ」

そう云って、ディルは茶葉を入れた陶器に沸いたばかりのお湯を注ぐ。ふわりと花のような香りが漂ってきた。

そこに銀柑酒を一匙《さじ》ぶん垂らすと、一気に香りが華やかになった。

「召し上がれ」

「すごくいい匂いがする」

銀柑酒に甘みがつけてあるのか、ほんのりとした甘さもほっとする。

バトゥが作ってくれた肉詰めのパイもチーズを挟んだふんわりとしたパンも、干し葡萄が練り込まれた焼き菓子も美味しすぎた。

中でも丸い手の平サイズの焼き菓子は口に入れると柔らかな生地がほろりと解けて牛酪《バター》の味が舌の上に広がる。隠し味に香辛料が入っているようで甘みも程よく、いくらでも食べられてしまいそうだった。

「焼き菓子も美味しい！　こんなに美味しいもの忘れてるなんて信じられない」

どれもこれも頬が落ちそうなほど美味で感動してしまう。

「好きなものに改めて出逢い直せるのも悪くないんじゃないか？」

「なるほど、そう考えるとお得だね」

どんなに好きなものでも、時間が経てば慣れが出てくる。初めての感動を味わえるなんて、考えてみれば贅沢《ぜいたく》なことかもしれない。

二人で分け合って食事をすませると、お腹がくちくなった。香茶のお代わりを淹《い》れてもらい、人心地つく。

「本当にここ居心地いいね」

「だろう？　夏休みはしょっちゅう二人で泊まってた。この森も隅から隅まで探検して、地図を作ったり、夜更かしをして流星群を見たこともある」

「いいなあ、楽しそう。ここはディルと僕にとって大事な場所なんだね」

この〈秘密基地〉に来れば何かしら思い出せるかもしれないと期待していた。だけど、記憶の引き出しはまだ硬く閉まったままだった。

「ああ、他の誰も招いたことがない秘密の場所だ」

「二人だけの秘密……」

「初めてここに二人で泊まったのは、俺の母が亡くなったときだった」

「え？　ディルのお母様も亡くなられてるの？」

「ああ、十年と少し前のことだ。悲しみに暮れてどうしていいかわからない俺に、君は何も云わず寄り添ってくれたんだ」

きっとそのときの自分は嘆き悲しむディルを放っておけず、かといってかける言葉も見つからなかったに違いない。できたのは、傍にいることだけだったのだろう。

それでも、いくらかでもディルの救いになれたのなら幸いだった。

「……お母様はどんな人だったの？」

「とても綺麗な人で、優しくて穏やかでいつもにこにこ笑ってた。線が細く、病弱な人だったんだが、気丈な性格でね。まるで、ルオラの花のようだったよ」

ルオラは春になると小さな白い花をたくさんつける野草で、見た目の繊細さとは裏腹に風雨に強い種類だ。街道沿いによく生息しており、観賞用として鉢で育てている人も少なくない。

「もしかして、階段の踊り場にある人物画の女性？」

可憐《かれん》な少女が描かれた油絵がかけられていたのを思い出した。思い返すとどこかディルに面差しが似ている気がする。

「ああ、そうだ。母が亡くなってから実家の倉庫にしまい込まれてたのを俺が引き取ってきたんだ。あれは婚約が決まったときに父とお互いに贈り合った肖像画なんだそうだ」

「目元とかディルによく似てるね」

「そう云われると嬉しいな。異国から一人嫁いできて、いま思えばずいぶん心細かっただろうに、そんな様子はおくびにも出さず俺たちを可愛がってくれた」

「あの、お母様はご病気か事故で……？」

ディルが十代の頃のことなら、母親もまだ若かったはずだ。

「病気と云えば病気かな。元々病弱な人ではあったんだが、父親に仕事のためにと社交に連れ回されて体調を崩してしまって。それでも弱音を吐かずに無理を通したせいで肺炎を拗《こじ》らせたんだ。出先で倒れたと聞いて、駆けつけたけれど間に合わなかった」

「そんな――」

「もっと急げば、間に合ったかもしれない。週末家に帰って一緒にいてほしいとねだっていたら、死なずにすんだかもしれない。だけど、もしもを云っても仕方がないよな」

「……」

生きるというのは選択の連続だが、毎回毎回、全力で考えているわけではない。漫然と無意識に過ごしてしまう時間だってたくさんある。

　もちろん、起きること全てを管理できるわけではない。だけど、悲しいことに直面すると、最善の行動を選べたのではと後悔してしまうのだ。

「あのとき、父は母が亡くなったことを悲しみもせず、仕事に支障をきたしたことに迷惑そうな顔をしていたよ。あの男にとって母はただの使える駒でしかなかったんだ」

「酷い……。ディルの家族は両親だけ？」

「いや、兄が一人いる。そのときは他国に留学していて、葬儀の朝に帰国した。兄も悲しんでいたが、すぐに留学先に戻されて共に母を悼む間もなかった。いま考えれば兄も辛かっただろうとわかるが、そのときはまだ子供だったから怨《うら》めしく思ったよ」

　母親の死に目にも会えず、家族と悲しみを分かち合うこともできないなんて辛すぎる。しかも、多感な思春期なら尚更《なおさら》傷つくこともあっただろう。

「血の繋がりなんて何の意味もないんだって思ったよ。自暴自棄になりかけた俺に、ツェレンは何も云わずに寄り添ってくれたんだ」

「僕が？」

「同級生や教師は口々に慰めてくれたけれど、何だか空虚でね。でも君は俺と一緒に泣いてくれて、ずっと傍にいてくれた」

　こんな話を聞かせてくれるなんて、ディルは本当に自分のことを信頼してくれているのだろう。まるで宝物のように語るディルの様子に胸が熱くなる。

「君がいてくれたから、母の死に向き合うことができたんだ。いまさらかもしれないけど、ありがとうと云わせてくれ」

真っ直ぐに見つめられ、気恥ずかしい。

「そんな、僕はお礼を云われるようなことはしてないよ。多分、上手い言葉が見つからなかったんだと思う……覚えてないけど」

自分でない誰かがしたことについて、代わりに感謝されているみたいで申し訳ない気持ちになる。

ツェレンが気まずげにつけ加えた言葉にディルは小さく笑った。

「そうかもな。でも、君のそういう裏のない飾らず実直なところに、俺は救われてる。君が俺の孤独を癒やしてくれたんだ」

「それは僕も同じだったんじゃないかな。ほら、いまだってディルがいなかったらひとりぼっちだし」

幼くして両親を亡くし、引き取られた叔父夫婦のところでは疎まれていたようだ。

「――ツェレン。さっき、君は俺にとって家族みたいだと云ったけど、訂正させてくれ」

「え？」

「君は家族以上の存在だ。誰よりも大事に思ってる。俺が心を開けるのは、この世で君だけだ」

「え、あの、それって――」

熱烈な告白とも云える言葉に困惑する。言葉以上に熱いディルの眼差しに、心臓が早鐘を打ち始める。

しばらく見つめ合う形になったけれど、やがて我に返ったディルは取り繕うように謝ってきた。

「すまない、いきなりこんなことを云われても混乱するよな。君がこんな状態のときに云うことじゃなかった。忘れてくれ」

「忘れられるわけないよ！」

「ツェレン」

「前のことは何にも思い出せないけど、僕にとってもディルは大事な人だった気がする。それだけは僕にもわかる」

　目が覚めて、ディルの顔を見た瞬間何故かすごく嬉しい気持ちになったし、見つめられたり手が触れたりするとドキドキする。

「もしかして、前から特別な関係だったの？」

「それは――」

「ごまかさないで教えて。何も覚えてなくても、僕は子供じゃないんだよ」

　そう云って、じっとディルを見つめる。彼の表情に見えていた迷いが、やがて消え、唇が強く引き結ばれた。

　そうして、ディルは慎重に口を開く。

「君が倒れた前夜、お互いの気持ちを確認し合ったばかりだったんだ」

「……！」

「俺たちはずっと〝親友〟の枠から踏み出せないでいたんだ。君は少し酔っていて、思わず口にしてしまったといった様子だった。俺もその夜に自分の想《おも》いを伝えようと思っていたから、嬉しくて舞い上がったよ。ただ、君に先を越されたことは少し悔しかったけどね」

「どうして早く教えてくれなかったの？」

「酔った勢いの発言だったことを後悔してるみたいだったからね。何も覚えていない状態の君に告げたら、刷り込みになりかねないだろう？　君自身の意志を大事にしたかったんだ」

一体、自分はどんなふうに告白し、ディルの気持ちを聞いたのだろう。素面《しらふ》では告げる勇気が出なくて酒の力に頼ったのだろうか。そして、それを後悔していたのかもしれない。

（ディルと両想い――）

このまま記憶が戻らなくても、新たな自分として生きていくのも悪くないのではと思い始めていた。だけど、いまは何も覚えていないことが悔しくて堪らない。

「そんな大事なこと、どうして覚えてないんだろう……。僕はどんなふうにディルに伝えたの？　ディルは何て答えてくれた？」

一番忘れたくないはずの記憶が、欠片《かけら》一つ残っていない。もどかしさからディルに詰め寄ってしまう。

「そんなに焦るな。いつか思い出せる日も来るはずだ。ツェレンが覚えていなくても、俺が忘れない。それじゃダメか？」

「でも、ずっと忘れたままかもしれないし。そうだ！　恋人らしいことをしたら思い出すかな？」

「いや、そんな簡単にはいかないいんじゃないか？」

「ごめん、いまの僕とそういうことするのは抵抗あるよね。何も覚えてない僕はディルの恋人だった僕とは違うし」

落胆した気持ちを隠そうと笑ってごまかしながら云うと、真面目な顔で訂正された。

「そうじゃない。記憶なんて関係ない。いまここに存在してる君が好きなんだ」

ディルの言葉は疑っていない。だけど、いまになって記憶の空白が、ツェレンを不安にさせる。

「そうだ、もう一度初めからやり直そうか」

「初めから？」

「恋人になって一日しか経ってなかったんだ。ちょっと戻ってみてもいいだろう？」

ディルは咳払いをし、喉の調子を整えるとツェレンの手を取った。

「ツェレン。誰よりも君を愛してる。俺の恋人になってくれ」

「……はい、喜んで」

そう返事をすると、じわじわと幸福感に包まれる。

肩を抱いてくれる手が大きく力強いのはもう知っていたけれど、こうして握ってみるとまた違った印象があった。

「目が覚めて、ディルの顔が目に入った瞬間わかったんだ。僕はこの人が好きなんだって」

「どうして早く云ってくれなかったんだ」

「だって、どういう種類の好きなのかわからなかったし、幼馴染みで兄弟みたいに育ったって聞いたから、もしかしていけない気持ちなのかなって……。もしも、僕の気持ちが伝わってディルが迷惑だったら嫌だなって恐かったんだ」

ばつの悪さに俯《うつむ》く。

「そうやって人を慮るところも君のいいところだ。卑下しなくていい」

「ディル」

顔を上げた瞬間、至近距離で目が合った。

「あ」

引き合うように唇を重ねる。柔らかな感触を感じた瞬間、ぞくぞくっと甘い電流が背筋を駆け抜けた。

「……嫌な感じはある？」

ディルの問いかけに首を横に振る。再び口づけられ、優しく唇を食《は》まれた。擽《くすぐ》ったさに吐息を零すと、唇の内側を舐《な》められた。

「……っ」

舌が触れる感触にびくりとするのと同時に、口の中に舌が入り込んできた。口腔を探るように舌を絡められると、頭の芯が痺《しび》れてくる。

頭の後ろを押さえられ、さらに口づけを深くされた。

「んん、ン、んー……っ」

二回目は困惑するほどに情熱的だった。舌先を吸い上げられると、そこが痺れたようになる。不慣れながらに応えようとしたけれど、結局は翻弄されるばかりだった。

舌を絡め合う心地よさに、ツェレンもすぐに夢中になった。お互いに貪るように唇を求め合う。溢《あふ》れる唾液を飲み下し、空気を求めるようにディルの口づけを享受する。頭の中がぼんやりとしてきて、思考も感覚も蕩《とろ》けていく。

世の中にこんなに気持ちのいいことがあったなんて知らなかった。

恋人になってまだ一日だったと云っていたけれど、そのときはこういうことをしたのだろうか？

口づけが解けた瞬間、名残惜しさに唇を追ってしまった。やんわりとディルに押し止《とど》められ、呼吸が上がりきっていることに気がついた。

「……もうおしまい？」

解けた唇を名残惜しく見つめる。素直な気持ちを口にすると、ディルは密やかに笑った。

「ずいぶんと積極的だな」

「ご、ごめん。はしたなかったよね」

「そんなことない。嬉しいよ」

「え？」

「でも、違うところにも口づけさせてくれ」

ディルはツェレンを長椅子に横たえると、顎や首筋、鎖骨などあちこちに口づけを落としていく。

そして、ツェレンの服の釦《ボタン》を一つずつ丁寧に外すと、露《あら》わにした胸元にも口づけた。

「ひゃ、あ、あ……」

ディルは自分の痕跡を残そうとするかのようにツェレンの皮膚を吸い上げた。まるで赤い花びらが

散っているかのような光景にこくりと喉を鳴らす。

「んっ、あ、あ……あッ」

一際高い自分の声に驚く。電流のようなものが走り抜けた原因は、乳首に噛みつかれたせいだった。

「感じる？」

「わ、わからない……擽ったいのかも……やっ」

痛覚ぎりぎりの強さで甘噛みされると、ぞくぞくと背筋が震える。そこが殊更感じやすいと気づいたディルは、硬くなったそこを舌で転がし、キツく吸い上げた。

「ぁあっ、あ、だめ、あっ、あ」

いままで意識することのなかった場所なのに、戸惑うくらいに感じてしまう。もう一方を指で捏《こ》ねられ、さらに身悶《みもだ》えた。

「嫌な感じはある？」

「ううん、大丈夫」

ディルは丁寧にツェレンの感じる場所を確認する。大事にしてくれている証だと思っても、恥ずかしさは否めなかった。

熱くなりかけていた下腹部がより刺激される。下着を窮屈に感じ始めていた矢先、ズボンの上から触れられた。

「あっ」

「苦しくないか？」

問われてこくこく頷《うなず》くと、ズボンと下着を大胆に引き下ろされた。ツェレンの昂《たか》ぶりはすっかり芯を持ち、天を向いている。

至近距離で兆した自身を見られる恥ずかしさに息を呑んだ。

「触ってもいいか？」

小さく頷くと、ディルはツェレンの反り返った昂ぶりに触れる。

「ひゃっ」

露わになった張り詰めた自身をそっと撫でられ、裏返った声が出た。形を確かめるように触れられたあと、大きな手の中で優しく擦《こす》られる。

「や、あ、あ、ぁン、んんっ」

根元から括《くび》れまでを指で緩く擦られているうちに、先端が濡れてくる。そこを爪で引っかくように刺激されると、腰が勝手にびくっと跳ねた。

丁寧にあやされ、限界が見えてきたところでディルの手が止まった。

「え？　何で……？」

こんなところで放り出されたらどうにかなってしまいそうだ。困惑に顔を上げると、ズボンから怪我をしていないほうの足を抜かれ、膝を曲げさせられた。

「嘘」

ディルは当たり前のような顔で、張り詰めたツェレンの昂ぶりを口に含んだ。一番無防備で敏感な器官が熱く濡れた感触に包まれる。

「ディル、ちょ、汚いよ……っ」

食べられている——一番敏感で恥ずかしい場所を口に含まれ、羞恥に全身がカッと熱くなった。

「や、だめ、あっ、あ、あ、あ——」

やめさせようとしたけれど、舌を絡めながら吸い上げられ、呆気《あっけ》なく果ててしまった。ディルの口の中で爆ぜてしまったことが居たたまれない。

「ごめん、ディル……ダメだよそんなの……！」

ディルは当たり前のように飲み下し、濡れた唇を舌で舐めて拭う。

「……っ」

その一瞬の仕草がいやらしく、ツェレンもごくりと喉を鳴らしてしまった。

「ずっとしてなかったから濃いな」

ディルは再びツェレンのそれを、さっきよりも丁寧に舐めねぶる。纏わりつく熱く濡れた感触が恥ずかしくて気持ちいい。

自分のものをしゃぶられているという刺激的な光景から目が離せない。ディルはそれをわかっていて、見せつけるようにしてくる。

「あっ、あ、や、もう……っ」

キツく吸い上げられた瞬間、押さえ込まれた腰をびくびくと震わせながら再びディルの口の中に欲望を吐き出してしまった。

「あ、ぁああ……っ」

頭の中が真っ白になる。息はすっかり上がり、肩を大きく上下させた。

「嫌だったか？」

「……嫌じゃないけど、恥ずかしくて死んじゃう……」

か細い声でそう告白すると、ディルは密やかに笑った。ディルになら、何をされても構わない。

「恥ずかしいところを全部見たい」

「ディルばっかりずるい」

恥ずかしさのあまり、怨みがましい発言をしてしまう。

「じゃあ、手伝ってもらおうかな」

「手伝うってどう――」

云われるがままに体を起こすと、脇の下に手を入れて持ち上げられ、ディルの膝を跨《また》ぐように座らされる。

隠しようのない体勢に戸惑ったのも束の間、彼の股間が張り詰めていることに気がついた。

「あ」

これほどまでに硬くなっていたら、かなり苦しいだろう。

それなのにディルはツェレンのことばかりで、自分のことは二の次にしていたようだ。申し訳なさを覚える。

「慰めてくれるか？」

囁くように訊ねられ、ツェレンは小さく頷いた。

革ベルトを緩めてズボンの前立ての釦を外す。ごくりと喉を鳴らして覚悟を決め、押し上げられた下着の中に手を差し込んだ。

「！」

ガチガチに硬くなったそれは息を呑むほど熱かった。外に引っ張り出し、指を絡める。緩く勃《た》ち上がったままの自身と並ぶと、その大きさは圧倒的だった。

ディルのそれに改めて指を絡め、躊躇いがちにゆっくりと擦る。

「もっと強くできるか？」

「こう……？」

指に力を入れてみる。好きな人のものに触れているという戸惑いと不慣れから、つい遠慮がちになってしまう。

「あっ」

腰を抱き寄せられ、距離が一層近くなる。屹立《きつりつ》同士が触れ合い、ツェレンは息を呑んだ。

もどかしくなったのか、ディルの大きな手がツェレンの手に重ねられる。そうして二人ぶんの昂ぶりをひとまとめに擦られる。

敏感な器官同士が擦れる感触と卑猥《ひわい》な光景にどうしようもなく興奮した。

「あっ、や、あ、あ、あ」

互いのものが重なり合っている感触と力任せの動きに上擦った声が出る。自分の手なのに動きが予測できないことが、感覚を惑わせた。

「このくらい強くできるか？」

「わ、わかった」

　両手を使い、二人の屹立を一緒に擦る。教えられたとおり、力を込めて指を動かした。自分でやってみて、ディルの指遣いが巧みだということに改めて気づかされる。

「ちゃんと、できてる……？」

「ああ、上手だよ」

　ディルは棚にあった蠟燭の炎をふっと息を吹きかけて消すと、熱で溶けた椰子油を慎重に指で掬った。何をするのだろうと見守っていたら、それをツェレンの足の間に塗りつけた。

「ひゃっ」

　油分が滑る感触に上擦った声を上げる。

「や、何で？」

　想定外の場所に触れられ、面食らった。ディルはそこに椰子油をたっぷり塗り込むと、やや強引にツェレンの中へ指を押し込んでくる。

「んっ」

　入り口こそ硬かったものの、ツェレンの体は侵入者を抵抗なく受け入れた。体の内側を触れられる感触の奇妙さに困惑する。

「準備をしないとツェレンの中に入れないだろう？」

「入る……？　あっ」

何のための準備かいまさらながらに気づき、顔が熱くなった。

体温で溶けた椰子油の甘い香りがさらに立ち上る。ディルの指が自分の中で蠢《うごめ》いている。

「ツェレン、手が止まってる」

「ぁん、や、だって……っ」

指の動きばかり意識してしまって、手元に集中できない。ディルの指は抜き差しを繰り返しながら、硬い入り口を解《ほぐ》していく。

「もう、そればっかやだ……っ」

終わりが見えるたびに責め立てを緩められ、もどかしさに身悶える。

「すまない。痛い思いをさせたくないんだ」

「でも、また出ちゃう」

何度もイカされ敏感になった体は堪え性がなくなっている。泣きそうになりながら訴えると、ディルは仕方ないなと苦笑した。

再び長椅子に横たえられたかと思うと、しつこく解されたその場所に硬くて熱いものが押し当てられた。

「……っ」

入ってくる——覚悟を決めた瞬間、油の滑りを借りて先端が押し込まれた。その瞬間、軽く達してしまい、先端から白濁が溢れ出た。

覚悟していたような痛みはなく、当たり前のように受け入れられたことに逆に驚いてしまう。

「あぁあ……っ」

驚きに息を呑むと同時に、最奥まで一息に貫かれた。狭い場所を無理やり押し開かれた圧迫感と内壁を擦り上げられた刺激で全身が痺れる。

根元まで埋め込まれ、ぴったりと体が重なり合った。

（あんなにおっきかったのに……）

ディルのそれはツェレンの中を満たしている。柔らかな粘膜がもう離すまいと云わんばかりに昂ぶりを包み込む。

以前の記憶は何もないのに、ツェレンの体は彼の形を覚えていた。

「痛くないか？」

「うん、平気。ただ、すごく熱くて……」

張り詰めたディルの欲望は溶かされてしまいそうに熱く、ドクン、ドクンと力強く脈打っていた。いますぐ暴れたいと訴えているかのようだ。

意識すればするほど、呑み込んだそれを締めつけてしまう。そのせいか、ディルは少し苦しそうな顔をした。

「もう動いてもいいか？」

問いかけに頷くと、まずは繋がり合った体を軽く揺すられる。

「あっ、ん」

緩やかな律動に喉の奥が小さく鳴る。屹立を咥《くわ》え込んだそこは、少しずつ緩んできた。徐々に動きが大きくなっていくにつれて、中が擦られる。

丹念に塗り込まれた椰子油のお陰で滑らかに動く。気づけばツェレンも無意識に腰を振っていた。

「あっあ、あ、あ……っ」

律動は大きな抜き差しに変わり、粘膜を擦り上げられる刺激に蕩けた声を零す。ディルはツェレンの腰を摑み、内壁を抉《えぐ》るように突き上げる。

「ぅあっ、ああッ」

強烈な快感に背中を撓《しな》らせ、長椅子の背に爪を立てる。ディルはツェレンのことなら何でも知っているのだろう。特に感じる場所を狙って攻めてくる。

「や、ああっ、そこだめ、ぁあ……っ」

ディルは身悶えるツェレンを繰り返し穿《うが》ち、容赦なく追い詰めた。

掻き回される体内も脳内もぐちゃぐちゃに蕩け、いまは与えられる快感に溺れることしかできなかった。

「あっ、ん、ディル、もう出る、いっちゃう、あっ、あ、あ！」

啜《すす》り泣くように訴えると、動きはより激しさを増した。

実際は一瞬だったのかもしれない。永遠にも思える責め立てに高みへと追い詰められる。

「あ、あ、あ、ああっ……！」

「……っ」

ディルはツェレンに続いて苦しげに息を詰めた。それと同時に、最奥まで捩《ね》じ込まれた昂ぶりがびく、びく、と大きく震える。

「あ……――」

体の中に感じるじんわりとした熱さに、欲望が注ぎ込まれたのだとわかった。

ツェレンは荒い呼吸を繰り返しながら、四肢から力を抜く。ディルと一つになれたという事実に胸がいっぱいだった。

「大丈夫か？」

「ん、全然平気。ていうか、むしろ……」

(気持ちよすぎてびっくりした)

世の中にこんなに気持ちのいいことがあったのかと衝撃を受けた。

熱くて、恥ずかしくて、愛《いと》しくて、幸せで――これ以上、言葉にするには難しい。

「むしろ？」

「何でもない！」

そんなはしたないことを口にできるわけがない。恥ずかしさで顔が熱くなる。きっと真っ赤になっているだろうが、小屋の中が薄暗くて助かった。

「俺はすごくよかった。幸せすぎて恐いくらいだ。このまま君と離れたくない」

「……うん、僕も……」

熱っぽい眼差しを向けられ、体の奥に残った熾火《おきび》が大きくなる。瞳を閉じると、再び唇を重ねられた。

7

結局、昨日は〈秘密基地〉に泊まることになった。

日が落ちてからの山道は、どんなに慣れていたとしても危険があるし、ツェレンの足首のことも考慮されての判断だ。

夕方頃にバトゥが持たせてくれた軽食の残りを分け合って食べ、夜は星空を見上げながら語り合った。

これまでのことと、これからのこと。

たくさん話して、月が木々の向こうに見えなくなった頃に眠りについた。

寝台代わりの長椅子は大人二人で横になるにはさすがに狭く、ディルの腕の中で眠ることになった。

いつものように夜中意識のないまま起き出すことはなかったようだ。疲れ果てて、眠っている間に動く体力も残っていなかったのかもしれない。

（いっぱいしちゃったもんな……）

いまは爽やかな朝日の中、むず痒い甘酸っぱい気持ちでディルの背中に身を任せている。

結局、帰り道もディルに背負われることになった。足首が痛いこともあるけれど、それだけが理由ではない。

腰が痛いのと、人には云いにくいところがひりひりして、普通に歩くのが難しいのだ。お互いに夢中になりすぎたことを反省したけれど、あのときは自分を止めることができなかった。

「足の具合はどうだ？」

「だいぶ腫れが引いた気がする」

ディルが採ってきてくれた薬草がよく効いたのだろう。体重をかけなければ歩ける程度まで回復した。

「昨日は怪我をしてるのに、無理をさせてしまってすまなかったな」

「ううん、してほしいって云ったのは僕だし……」

こうなったのはディルだけの責任ではなく、謝ってもらうようなことではない。

「帰ったら横になっていろ」

「うん」

甘酸っぱい気持ちでディルにしがみつく。

（恋人、かあ……）

昨日とは違う関係で来た道を戻っていることが感慨深い。好きな人が自分のことを好きでいてくれる幸福感に浸る。

だけど、ディルが云っていたように、恋人らしいことをしたからといって記憶が戻ることはなかった。口づけもそれ以上のことも、初めてだとしか思えなかった。

恥ずかしくて嬉しくて、言葉にできないほど幸せだった。

ディルの腕の中にいれば、不安も恐怖もなく、満たされる。だけど、本当にこのままでいいのだろうか。

記憶が戻らなくても構わない——一度はそう思ったけれど、やっぱり取り戻したい。

真っ新な〝自分（ツェレン）〟をディルは愛していると云ってくれるけれど、彼がツェレンに惹かれたのは二人で過ごした時間があったからだ。

過ごしてきた時間があったからこそ、深い愛情を抱いてくれている。

彼の口から思い出話を聞くのも楽しいけれど、知らない誰かの話をされているような気持ちになることもある。

思い出せないから、自分自身に嫉妬し、後ろめたさを感じてしまう。自分ではない他の誰かが積み上げた幸せを奪っているような罪悪感がどうしても拭えないのだ。

「どうした？　やっぱり体がキツいのか？」

「え？　ううん、そんなことないよ。どうして？」

「さっきから何度もため息をついてるじゃないか」

「そ、それはその……バトゥさんにお土産を採ってこれなかったなって思って」

つい云い訳をしてしまうのは、ディルに余計な気遣いをさせたくなかったからだ。

記憶を無理に取り戻す必要はないと、彼が繰り返し云うのはツェレンにそんなやましさを背負わせないためだろう。

「怪我が治ってからまた採りに行こう。いつだって行けるんだから」

「うん、そうだね」

彼自身、気づいていないだろうけれど、二人の思い出話を口にしているとき、言葉では云い表せないほど幸せそうな表情をしている。

その顔を見るとき、ツェレンもこの上ない幸せを感じるけれど、それと同時に淋しさも込み上げてくるのだ。

やがて、木々の向こうに屋敷が見えてきた。なだらかだが坂になっているため、敷地全体を見下ろすことができる。

こうやって目にすると、まるで箱庭のようだ。自然豊かな森の中、四角く切り取られた空間に意匠を凝らした建物が鎮座している。

煉瓦《れんが》と鉄でできた塀に囲まれた、外界とは切り離された世界。この屋敷はどんな思いで作られたのだろう。

「おかえりなさいませ、ディル様。ツェレン様はお体の具合がお悪いのですか？」

屋敷の裏門に辿り着くと、衛兵が恭しく出迎えた。

「ただいま。ちょっと行きに足を捻ってね。手当てはしてあるから大丈夫だ。留守中、変わりはなかったか？」

「急ぎの伝言があるとかでバトゥ様がお帰りをお待ちしておりました」

「急ぎ？」

背負われたままのツェレンは小声でディルに訴える。

「ディル、あとはもう歩けるから下ろしてよ」

「部屋まで連れていくから遠慮しなくていい」

「あの、そうじゃなくてちょっと恥ずかしいっていうか……」

人前で子供のように背負われているのは、少々ばつが悪い。

「ああ、なるほど。すまない、気がつかなくて。だけど、屋敷まではこのまま背負わせてくれ」

「え、でも……」

結局、何人もの使用人に目撃され、温かい目を向けられた。玄関の前でようやく地面に下ろしてもらい、ディルに摑まりながら立つ。

「ディル様！　いまお迎えに行こうと思っていたところでした」

「すまない、心配かけたな」

「いえ、昨日暖炉の煙が見えましたので、お泊まりになられると思っておりました。ツェレン様はどうかなさいましたか？」

片足立ちでディルに摑まるツェレンに気づき、気遣わしげな顔になる。

「昨日の道中、足を捻ったんだ。無理をさせないよう泊まることにした。応急処置をしてあるから、あとで湿布と包帯を換えてやってくれるか？」

「そういうことは早くおっしゃってください！　いま杖をお持ちします」

「全然大丈夫です！　走ったりしなければ痛くないので」

「何度も申し上げておりますが、ご無理は禁物ですよ」

厳しい顔で釘《くぎ》を刺される。バトゥもディルに次ぐ心配性の一人だ。

「ところで、わざわざ迎えにきたってことは、何か用事があったんだろう？」

「ああ、そうでした！　実は例の件に進展があったとかで、急ぎ来てほしいとのことです」

バトゥの言葉に、ディルが小さく息を呑んだのがわかった。ツェレンに見せる柔らかな表情とはまったく違う。何か重要な事案のようだ。

「わかった。支度をしてくるから馬を用意しておいてくれ」

「表に待たせてあります。ツェレン様。手当てをしますので、こちらにおいでください」

バトゥに肩を貸してもらい、玄関からすぐの応接間に連れていってもらった。

ふかふかの椅子に座らされ、丁寧に包帯を解いてもらう。

「さすがディル様、応急手当も完璧ですね」

「そうなんです。お陰で一晩で腫れが引きました」

「この軟膏には、ディル様が使った薬草から抽出した成分が入ってるんですよ」

バトゥはそう云って、軟膏を柔らかい布に塗り、患部に貼ってくれた。それをずれないよう新しい包帯で巻いてくれる。

「〈秘密基地〉は楽しかったですか？」

「えっ？　あ、はい、す、すごく楽しかったです！」

一瞬、ドキリとしたけれど、ディルとの間に何があったかなんて、彼にわかるはずがない。どうにか表情を取り繕う。

「それはよろしゅうございました」

「お菓子も本当に美味しかったです。あれが僕の好物なんですね」

余りの美味しさに感動したことを告げると、バトゥは相好を崩した。

「そうおっしゃっていただけると光栄です。いまのお腹の空き具合はいかがですか？　食欲があるようでしたら、このあと、朝食にしませんか？　久々にお菓子を焼いたら楽しくなってしまって、まだたくさんあるんです」

「あっ、はい！　ぜひ！」

思い出せなくても、自分のことを知ることはできる。こうやって、好きなものや苦手なものを再発見していけば、以前の自分に近づけるのではないだろうか。

「あの、ディルは王宮でお勤めしてるんですよね？　ここからどのくらいかかるんですか？」

「そうですね、馬を飛ばせば半刻といったところでしょうか」

地理関係の記憶もぼんやりとしている。王宮がありその周りを街が取り囲み、そこを高い塀が縁取っている。外敵からの攻撃に備えた造りだが、近年戦争が起こったことはない――。

そういう知識は残っているのに、具体的に歩いた場所や景色を思い出そうとすると視界がぼやけたように曖昧になる。

ツェレン自身と強く結びついた記憶ほど、堅固に封印されている印象だ。

「バトゥ、支度ができた」

さっき慌ただしく自室に上がっていったディルは、すぐに外出用の服に着替えて下りてくる。

「いま馬車を回してきますので、玄関でお待ちになってください」

バトゥは無駄のない動きで応接間を出ていった。

ディルは黒い天鵞絨《ビロード》生地の立て襟の上着を羽織り、さらりとした髪は油で横に流すようにまとめられている。普段の柔和な印象とは違う凛《りん》とした佇《たたず》まいに目を奪われた。

普段着でも充分素敵なのだが、こうしてきっちりとした格好をすると、威厳が感じられて男ぶりが増す。

「――――」

「どうした、ツェレン？」

「な、何でもない」

声をかけられ、我に返る。うっかり見蕩れてしまっていた。

（何度惚《ほ》れ直せばいいんだよ）

外見だけが人の魅力ではないけれど、好きな人が普段とは違った装いをすれば、どうしたってときめいてしまう。

「ツェレン、聞いていたと思うが出かけないとならなくなった。帰りも遅くなるかもしれない。もしも、俺が夜まで戻れなかった場合、眠るときはバトゥに声をかけてくれるか？」

「わかった、そうする。念のため、部屋の鍵をかけて寝るようにするね」

〈呪術薬〉の影響が薄くなってきているとしても、完全に解けたわけではない。いまはディルに心配をかけまいと頷いておいた。

「じゃあ、行ってくる。見送りはいいから座っていろ」

「わかった。でも、ディルも気をつけてね」

「ああ、もちろんだ。留守番を頼んだぞ」

踵《きびす》を返して部屋を出ていくディルの背中を見送った。馬車の音が聞こえなくなるまで耳をそばだてた。

きっと、国王陛下が狙われた事件のことで何か新しい展開があったのだろう。

ディルのことは信頼している。絶対に黒幕を見つけて逮捕するはずだ。だけど、内部の犯行の可能性が大きいことが不安要素だった。

意外な人物に裏切られていたとしたら、どんなに身辺を警戒したとしても危険は排除しきれない。

犯人だって、自分の身に追っ手が迫っているとわかれば、妨害や抵抗をするだろう。

そうなったとき、相手が闇術師の関係者だとしたら、どんな手段を使ってくるかわからない。

（僕が傍にいられたらいいのに……）

ディルの部下なら皆、優秀なはずだ。だけど、ツェレンほどに彼の身を案じている者がいるだろうか。

落ち着かない気持ちを持て余してそわそわとしていると、バトゥが朝食を運んできてくれた。

「ツェレン様、お待たせしました」

机の上にパンに肉や野菜を挟んだものや香ばしい色合いの焼き菓子、それにいい香りのする香茶が並べられていく。

美味しそうな匂いに空腹が刺激され、不安で張り詰めていた神経も緩む。

「いま、温め直してきました。冷める前にお召し上がりください」

「ありがとうございます。あの、よかったらバトゥさんも一緒に食べませんか？　一人の食事は淋しいので」

「それではお言葉に甘えてお茶をご一緒させてください」

バトゥは茶器をもう一つ用意し、蒸らした香茶をそれぞれに注ぎ入れる。

「それでは、いただきましょうか」

「はい」

まずは香茶に手を伸ばす。ディルが〈秘密基地〉で淹れてくれた香茶も美味しかったが、バトゥが淹れてくれるものは別格だ。

馥郁《ふくいく》とした香りに雑味のないすっきりとした味。完璧な時間と温度で丁寧に淹れられているのがよくわかる。

パンに挟まっていたのは、燻製《くんせい》肉の薄切りだった。新鮮な野菜と燻《いぶ》された肉の香りと味の濃さが堪らない。

「ディルはいま忙しいみたいですね」

「そのようですね。何でも、犯人の手がかりを掴んだとか」

「えっ、犯人がわかったんですか!?」

「詳しい話は聞いておりませんが、事件解決まであと少しのはずです。我々はディル様を信じて待っていましょう」

「……そうですね」

留守番と云っても、ただのんびりと過ごすだけだ。待っているだけの自分が歯痒くて堪らないが、そわそわとしたところで何ができるわけでもない。

「そういえば、休みのたびにここに泊めてもらってたんですよね？　僕とディルは何をして過ごしてたんですか？」

二つ目のパンに手を伸ばしながら、何気なく訊ねた。

「勉強をしたり、読書をしたり、昨日のように裏の森に探検に行くことも多かったですね。そうそう、一緒にお菓子作りをしたこともありますよ」

「ディルと僕とでですか？」

「ええ、お二人ともコツを摑むのが早くて上手にできていましたよ」

「よかったらまた教えてください。僕がお菓子を作ったら、ディルは食べてくれると思いますか？」

「それはもうお喜びになると思いますよ」

「よろしくお願いします……！」

世話になってばかりにディルに、感謝の気持ちを言葉以外でも伝えられたらと思っていた。甘いものでほっと一息ついてもらえたら何よりだ。

（頑張ろう）

自分の菓子作りの腕前がどれほどかはわからないけれど、きっと子供のときよりは上手く作れるはずだ。

「では、明日の午前中にやりましょうか。ディル様のあのご様子ですと、お帰りは明日の午後になるでしょうから」

「どうしてわかるんですか？」

「長年の勘です。お仕事に没入する質《たち》の方ですが、定期的にツェレン様のお顔を見て元気を補給する必要がありますので」

「僕の顔を見るだけでそんな効果はないですよ」

　屋敷で仕事しているときも、ちょくちょくツェレンの顔を見にきていたが、あれは心配して様子を見ていただけだろう。

（むしろ、元気をもらってるのは僕のほうだし）

　でも、ディルも同じように感じてくれているなら嬉しい。ツェレンの前では疲れた顔など見せないが、多忙を極めていることはわかっている。

　彼のために自分ができることはないだろうか。思案しながらパイを口に運んだツェレンは、その味に目を瞠った。

「この時期に林檎《りんご》が売ってるんですか？」

　パイには甘く煮詰めた林檎が入っていたが旬はとっくに終わっている。

「これは冬に採れたものを乾かして保存しておいたのを白葡萄酒で戻して砂糖で煮たんです。ディル様の好物なので、一年中食べられるようにしてあるんですよ」

「へえ、ディルって林檎が好きなんですね」

「ああ見えて、甘いものに目がないんです」

「昨日は僕にいっぱい食べろって云ってたのに」

お腹が空いていないからと、自分のぶんまで勧めてきた。

「ツェレン様に喜んでいただきたかったんでしょう。そのご様子が目に浮かびます」

バトゥの頭の中にはどんな思い出が浮かんでいるのだろう。脳内を直接覗けたらいいのにとできもしないことを願ってしまう。

「本当にバトゥさんはディルのこと何でも知ってるんですね。ディルはバトゥさんのことを家族みたいな人で、誰よりも信頼してるって云ってました」

「それはそれは過分なお言葉。幼い頃からお世話をさせていただいている私にとって、身に余る光栄です」

「小さいときのディルはどんな子だったんですか？」

「ディル様は幼い頃から賢く思い遣《や》りのある方でした。ご両親が忙しく、お一人で過ごすことも多かったせいか、物心ついた頃から大人びていて、子供らしい我《わ》が儘《まま》など聞いたことがありません」

「何だか想像がつきます」

生まれついた環境に適応するため、人よりも早く成長する必要があったのだろう。いま、子供のディルに会えたのなら、思う存分甘やかしてあげたい。

「ですが、ツェレン様を初めて招待した日のことは忘れられません。あのディル様が子供らしい笑顔を浮かべて、嬉しそうにはしゃいでいる姿に感動いたしました。大事な友達なのだと、ツェレン様をご紹介くださって……」

　バトゥはそのときの光景を思い浮かべているようだった。目元が光っているように見えるのは気のせいではないだろう。

「ああ見えて繊細で淋しがり屋な方なので、ツェレン様がお傍にいてくださるとこのバトゥも安心できます」

「……それっていまの僕でいいんでしょうか？」

「記憶があってもなくても、あなたがツェレン様なことに代わりありません。人間の本質というものは、どんなことがあっても変わらないと思っております」

「そうでしょうか……」

「昔からディル様はツェレン様のことを誰よりも大事にされてました。ツェレン様と過ごしているときが一番ディル様らしいお顔をなさってますよ。それはいまもそうです。信頼できる方がお傍にいてくださるということは、何よりの宝ですよ」

「あ、ありがとうございます」

　バトゥの真っ直ぐな言葉が照れくさい。ディルがそんなふうに思ってくれているなら、こんなに嬉しいことはない。

「あの、バトゥさんから見て前の僕はどんな感じだったんですか？」

　彼はツェレンのことをディルと同じように気遣い慮ってくれる。ツェレンは勝手に祖父のようだと思っていた。

「そうですね。いまとまったく変わりませんが、幼い頃のツェレン様はとてもお可愛らしい方でしたよ。いつもニコニコとしてらして、ディル様と遊びに出かけられたときはいつも私たちにお土産を持ってきてくださいました」

「あっ、本当は今日も木苺をお土産に採ってくるつもりだったんですけど、怪我をしてしまって……。次に行ったときには必ず採ってきます！」

「お気になさらず。ですが、そのお気持ちが嬉しいんです」

バトゥは香茶を啜りながら、穏やかに微笑む。その表情を見て、ツェレンは唇を噛んだ。

「やっぱり、そういう思い出を覚えていないのが悔しいです」

「ツェレン様のお体のことは、ディル様を始め、お医者様や国家術師の方が手を尽くして調べてらっしゃるとのことです。いまは穏やかに過ごすのが、一番の薬ではないですか？」

「皆さんにばかり負担をかけているのが心苦しくて……。ディルの手を煩わせてばかりですし」

「ディル様は常にツェレン様が最優先ですので、そういったお気遣いは無用かと思いますよ」

「はあ……」

「ええ、ツェレン様はもっと気兼ねなくディル様に甘えてあげてください」

いまでも充分甘えまくっている気がする。これ以上は難しい。

「でも、僕との思い出を話すディルがすごく幸せそうなんです。その思い出の中にいる僕は僕じゃないから何だか申し訳なくて」

いまの自分はディルの知ってる〝ツェレン〟ではない。喩えて云うなら、友人の皮を被った他人のようなものだ。

彼の厚意に濁りや裏はないとわかっていても、優しくされればされるほど罪悪感に似た苦い気持ちが胸に滲んでしまう。

ツェレンの心は安心感と罪悪感で綯《な》い交ぜになっていた。

「ツェレン様……」

「ディルやバトゥさんの気遣いには本当に感謝しています。だけど、僕も僕にできることがしたい。このまま、ただのんびり毎日を過ごしているわけにはいかないんです」

いまの自分が頑張ったところで何の役にも立たないかもしれない。だけど、何もせずにのうのうと暮らしているのは心苦しいのだ。

「そうですね。ツェレン様の症状を一番よくわかっているのはツェレン様ですから、ご自身でお調べになってみるのもいいかもしれませんね」

バトゥはツェレンの懊悩《おうのう》を慮ってくれ、一つの提案をしてくれた。

「そうか、色んな症例を知ることができれば、無自覚だった症状に気づけるかもしれませんしね！」

例えば、頭痛にも様々な種類がある。どんなふうに痛いのか、言語化できれば医師や術師の助けにもなるかもしれない。

「一番、書物が揃《そろ》っているところはどこですか？」

「ディル様の蔵書もなかなかですが、一番というと王立図書館かと」

「それはどこにあるんですか？　ここから行けるような場所ですか？」

自分にもできることがある。それが嬉しくて、前のめりになってしまう。

「国民も利用できるようにと王都の中心部にあります。ここからは馬車で半刻ほどですね」

「歩ける距離ではないですか？」

「歩こうと思えば歩けると思いますが、一刻以上かかりますよ。いまのツェレン様にはお勧めできません。ディル様に連れていってもらえるよう頼んでみたらいかがですか？」

「そうですね！　帰ってきたら頼んでみます」

手探りの暗闇の中、希望の光が見えた気がした。

8

「どうですか……？」

味見をしてくれているバトゥに恐る恐る訊ねる。

「うん、とても美味しいです。焼き加減もいいですし、口の中でほろりと崩れる食感も上手くできています」

「やった！」

三度目の挑戦にして、やっと成功した。

「！」

そのとき、馬車が停《と》まる音が聞こえてくる。ディルが帰ってきたのだとわかり、前掛けを外して調理室をあとにした。

「おかえり、ディル！」

「ツェレン！　無理に出迎えに出てこなくていい。怪我に障るだろう」

「大丈夫だよ。ディルの応急処置がよかったみたいでもうあんまり痛くないし、バトゥさんに包帯をしっかり巻いてもらったから」

「それでも心配なんだ。バトゥ、留守中変わりなかったか？」

ディルはツェレンの後ろに控えていたバトゥに声をかける。

「おかえりなさいませ、ディル様。万事滞りなく過ごしておりました」

「そうか。しかし、何だか含みのある顔をしてるな」

「ふふ、それは楽しみにしていてください」

　バトゥと顔を見合わせ、共犯者の顔で微笑み合う。その様子を見て、ディルはますます不可解そうな表情になる。

「ディルはお昼ちゃんと食べた？　いまってお腹空いてない？」

「ん？　そうだな、片手間で食べただけだから小腹が空いたな」

「じゃあ、部屋で待ってて」

「何があるんだ？」

「まだ秘密！」

　訝《いぶか》しげな顔をしているディルを二階へと見送り、ツェレンは調理室へと戻った。そうして、焼き上がったばかりの菓子と淹れ立ての香茶を盆に載せて運んでいく。

　零さないよう気をつけながら、ようやくディルの部屋の前に辿り着いた。

「ディル！　手が離せないから扉を開けて」

「いま開ける。手が離せないって何を持ってきたんだ？　お茶？　捻挫も治りきってないのに、バトゥに運んでもらえばよかったじゃないか」

　部屋の中から顔を出したディルは、ツェレンの手元を見て苦言を呈する。

「バトゥさんから甘いものが好きだって聞いたから、僕が作ってみたんだ」

「これを君が？」

「うん。だから、自分で持ってきたくて。形はいまいちだけど、バトゥさんにお墨付きをもらったから味は問題ないと思う」

忙しいディルを少しでも労《いたわ》ればと思い、バトゥにお茶の淹れ方と簡単な焼き菓子の作り方を教わった。

朝から何度も練習して、三回目にようやく満足のいく出来のものが焼けた。その中から形のいいものを選んでディルに出したというわけだ。

「俺のためにわざわざ？　嬉しいよ、ツェレン」

ディルは本気で感激している様子だ。足下に気をつけながら、机まで運んでいく。どうにか零さずにすんでほっと胸を撫で下ろす。

「いただきます。……うん、美味しい！　さくさくしてて焼き加減も甘さもちょうどいいよ。香辛料の香りも風味が豊かになっていいな」

「よかった！」

ディルからの評価も上々で嬉しい。

「初めてでこんなに上手にできるなんて、菓子職人の才能もあるんじゃないか？」

「大袈裟だな、ディルは。実はそれが一番よくできたやつなんだ。最初に作ったのは捏ねすぎて堅くなっちゃったけど、三回目でやっとコツを摑んできた」

「三回も？　最初に焼いたのはどうしたんだ」

「捨てずにちゃんと自分で食べたよ。食べ物を無駄にはしてないから大丈夫」

たくさんの失敗作は責任を持って自分で食べ、及第点の出来のものはバトゥやお手伝いの人たちに食べてもらった。それでも食べ切れなかったぶんは朝食で。

「そんなに食べたら昼食が入らなかったんじゃないのか？」

「うん、まあ……」

バトゥに頼んで食事の量を減らしてもらった。正直、いまもまだお腹がいっぱいだ。

「次からはそれも残しておいて欲しいな」

「えっ、さすがに失敗作を食べさせるわけにはいかないよ」

「ツェレンが作ってくれたものは、全部俺が独り占めしたいんだよ」

「……っ、な、何云って……」

甘い言葉がむず痒い。ディルはこういう台詞《せりふ》も平然と口にできてしまうからずるい。

ディルは残りの焼き菓子を大事そうに食べたあと、昨晩のツェレンのことを訊いてきた。

「それで、昨日の夜はどうだった？　体調は悪くならなかったか？」

「バトゥさんが何度か見にきてくれたんだけど、朝までぐっすりだったみたい。ほら、けっこう疲れてたし……」

「それならよかった。やっぱり呪術の効果がいくらかは薄まってきているのかもしれないな。実は例の〈呪術薬〉についてわかったことがあるんだ。あれを作った術師がわからなくても、呪術自体は解呪できるかもしれない」

「それ本当!?」

ディルからの報告に前のめりになったが、まずは座るよう促され、気が急いてしまう自分を反省した。

ツェレンが椅子に腰を下ろして居住まいを正すと、ディルはこれまでにわかったことを教えてくれた。

「あの〈呪術薬〉の本来の目的は、長期に亘《わた》って精神に影響を及ぼそうとするものだったんじゃないかということだ。媒体となった毒自体は体と思考を麻痺《まひ》させる類《たぐ》いのものだったらしい。薄めて使えば体の緊張を解き、気鬱を改善する効果のある薬になるようだ」

「なるほど、毒で抵抗を弱くすれば呪術のかかりがよくなるってことか」

「そういうことだ。代謝の早い毒らしく、ある程度の時間で体から抜けるため、呪術もやがて薄れていくだろうとの見解だ」

「じゃあ、時間の問題ってこと？」

ディルの言葉に希望が見える。

「術師はそう見ている。思うような効果を出すためには、定期的に飲ませる必要がある。そうすることによって、じわじわと無気力になり、思考を奪い意思が薄れていくような効果があったらしい」

「そんなふうにされたら、何もできなくなるよ！」

気力がなくなれば職務どころか、生活自体もままならなくなる。

「犯人の目的はそれだったんだろう。単純に暗殺するよりも、効果的に国を弱らせることができるし、思考力が落ちれば傀儡《かいらい》にすることも容易《たやす》い。呪術だと気づかなければ体調不良にしか見えないだろうし、もしかしたら実際に操られるようになっていたかもしれないな」

ディルが淡々と語る考察に、背筋がぞくりと震える。こうして起き上がれるようになったけれど、万が一のこともあったかもしれないと思うと恐くなった。

「ちょっと待って。定期的ってことは、陛下の身近な人じゃなきゃ不可能じゃない？」

内部の犯行どころの話ではない。口にするものに混入させる機会がある人間でなければ、全うできない計画だ。

「そのとおりだ」

「信じられない……。でも、どうして僕には本来の効果が出なかったんだろう？」

高熱で何日も寝込み、目覚めたときに記憶を失ってはいたけれど、いまのところ無気力にもなっていないし、むしろ考えすぎの面もあるくらいだ。

「個人を対象とした術がかけられていたせいで、本来の効果が発現しなかったんだろう。高熱が出たのも、体に合わなかったことによる過剰な拒絶反応とも考えられる」

「じゃあ、国王陛下が飲んでたら？」

「すぐに効果が発動するものではないから、その場では気づかれず、犯人の思惑どおりになっていたかもしれないな」

そこまで考えられた企みだったとは。ツェレンが偶然に実行犯たちの会話を耳にしていなければ、いまごろどうなっていただろう。

「記憶が飛んじゃったのも、呪術薬の副作用ってこと？」

「そこがはっきりしないんだ。意識のないまま行動する症状に関しては、呪術の残滓《ざんし》のせいだろうとのことだが、記憶に関してはまだ……。呪術をかけた術師が誰なのかわかれば、系統から解明できることもあるらしい」

「つまり、事件の黒幕を見つけなければどうにもならないってこと？」

　犯人に関してツェレンにできることは、希望を捨てずに待つことだけだ。だけど、耳にしたという企みはまったく思い出せないし、毒や呪術のことは専門家に任せるしかない。

「犯人の手がかりはいくつも掴んでいる。捕らえるのも時間の問題だろう。だが、そんなに焦らなくていいんじゃないか？」

「――――」

　犯人は見つかるというディルの言葉は信じているけれど、それがいつになるかはわからない。

　完璧に記憶が戻らなくても、ディルとの思い出の一片だけでも思い出したい。自分のことなのに、何もできないもどかしさに歯噛みするだけなのはもう嫌だった。

「ねえ、時間があるときでいいんだけど、今度王立図書館に連れていってもらえないかな？」

「王立図書館？　うちにある本は読み尽くしたか？　だったら、流行りの本を取り寄せよう。君は冒険ものが好きだったな」

　ディルの勘違いを慌てて訂正する。

「そうじゃなくて、自分でも何か方法がないか調べてみたいんだ。僕自身の症状は一番僕がわかってるし、先生たちが気づかなかったようなことも見つけられるかもしれない。だから――」

ディルは一瞬表情を曇らせたあと、にっこりと笑ってツェレンの言葉を遮った。

「焦らなくていいと云っただろう？　ツェレンはゆっくり療養していればいい」

「でも、体はもう元気だし、このままディルの世話になっているだけなんて嫌なんだ。全部じゃなくても、少し記憶が戻れば犯人の手がかりだって思い出すかもしれないし、前と同じ仕事もできるようになるかもしれないでしょ？」

必死に訴えるけれど、ディルはまったく聞き入れてはくれなかった。

「犯人は俺が捕まえるからいまのままで不便はないだろう？　無理は禁物だ」

ディルが大事にしてくれているのはわかっているが、甘えているばかりでいいわけがない。

「……でも、僕はやっぱり思い出したいんだ」

「一体、何が不満なんだ？　いまの生活に不足なことがあるなら遠慮せずに云ってくれ。もう少しすれば、一緒にいる時間も増やすことができるはずだし――」

「あのね、ディル。ディルにはすっごく感謝してるし、いまの生活に不満なんて何もない。だけど、ずーっとこのままでいいとも思えない」

思い遣っているはずなのに、お互いの気持ちがすれ違っている。

「ツェレン……」

「ディルが忙しいなら、バトゥさんにお願いする。それならいいでしょ？」

「ダメだ！　君をここから出すわけにはいかない。記憶が戻ったら――」

ディルは声を荒らげ何か云いかけるが、すぐにはっとした様子で口を噤《つぐ》んだ。ここまで激高する姿を目にするのは初めてで、ツェレンは動揺してしまう。

　固まっているツェレンに気づいたのか、ディルはすぐに表情を和らげ謝ってきた。

「大きな声を出してすまなかった。だけど、外はまだ危ないんだ。もうしばらく我慢して屋敷にいてくれないか？」

「危ないってどうして？」

「君のお陰で今回の企みは阻止された。そのことは恐らく首謀者に伝わっているだろう。実行犯たちの話を耳にして計画を食い止めたということも伝わっているかもしれない」

「怨まれてるかもしれないってこと？」

「それもあるが、犯人にとって、君の存在は大きな不安要素だ。実行犯からどんな話を聞いたのか、自分に繋がる情報は混じっていなかったか、聞き出したくて堪らないだろう」

「でも、僕は何にも覚えてないし……」

「君が記憶喪失になっていることが伝わっているかはわからない。もし伝わっていたとしても、いつ思い出すかもわからない。君の記憶がなくても、犯人にとっては不安要素であることに変わりないんだ。命を狙われていてもおかしくない」

「……命を……」

「どこで誰が見てるかわからない以上、外に出るのは危険なんだ。安全を期して君の居場所は一部の者にしか知らせていない。窮屈かもしれないがもうしばらく我慢してくれ」

ディルに深々と頭を下げられる。

（もしかして、ディルは僕に思い出してほしくないの？）

これでは、まるで籠の中の鳥だ。

自由でいられるのは箱庭にいるときだけ……？

「だいぶよくなってきたとはいえ、呪いが完全に解けたわけじゃない。このあと、どんな症状が出るかもわからない。何かあった場合、外にいたら処置が遅れてしまうかもしれない。君に何かあったら、俺は俺を許せなくなる。俺のためにここにいてくれ」

「…………」

そんなふうに云われてしまえば、何も反論できなくなってしまう。普段は優しいディルに壁を感じて黙るしかなかった。

9

ツェレンは気持ちを新たに、余暇を過ごすためではなく、知識を得るための読書に切り替えた。

ディルの書斎から魔術関連の本や医学書、薬学書を借り、食事の時間以外は自室で読みふけった。

特に魔術の入門書に書かれていた成り立ちの話は興味深かった。

始まりは人々の〈祈り〉や〈呪い〉で、それが力を持つようになり、適性のあった者たちが研究を重ねて体系的に確立していったそうだ。

「祈り、か……」

それを知ったことで、以前よりも身近なものに感じられるようになった。

強い〈想い〉が力を持つというのはわかる気がする。愛情、憎悪、羨望、悲哀――人を動かすのはいつだって感情だ。

「やっぱり、図書館に行かないとわからないことが多いな」

そろそろ屋敷の蔵書を読み尽くしてしまう。

あれから何度かディルに頼んでみたけれど、王立図書館に行くことは許してもらえなかった。それどころか、ツェレンに対してより過保護になった気がする。

ディルはツェレンの外出だけは許そうとはしなかった。

庭の散歩は許可してくれるけれど、常にバトゥが見守っているし、裏の森に一人で行くことも許してはくれなかった。

命を狙われているかもしれない、というのは理解している。だけど、犯人が捕まるまでは籠の中の鳥なのだと気づいてしまった。

ディルの仕事も忙しくなったようで、不在の時間が増えていた。

以前は目覚めるといつも寝台の脇の椅子に座って書類に目を通していることが多かったけれど、いまはバトゥが見守ってくれていることが多い。

昼には一旦帰宅して食事を一緒に摂るけれど、またすぐに出かけてしまう。考え込んでいることも多く、声をかけても上の空だったりもする。

「それじゃ、ツェレン。留守を頼む」

「うん、気をつけて行ってきてね」

今朝も一緒に朝食を摂ったけれど、そのあとすぐに帰りが遅くなると云い置いて忙しげに出かけていった。

記憶喪失に関しては、〈呪術薬〉との関連が判明していないということが気にかかっていた。

もしも、呪術が直接の原因でないなら、記憶を取り戻すには違う方向からの解決が必要になるということだ。

あれからこの屋敷の蔵書を読み尽くす勢いで知識をかき集めた。そのお陰で自分の状況がいくらか整理できた気がする。

記憶喪失は大きく二つの原因に分けられるという。

一つは肉体的――頭に衝撃を受けて、脳自体が傷ついたことによる損傷。

一つは精神的――悲しいことや辛いことが起こり、心が調和を取るためにそのこと自体を忘却するという安全装置。

毒によって神経が麻痺したかもしれないが、脳が損傷するほどの劇症ではなかったはずだ。となると残る可能性は高熱による損傷か心理的な自己防衛。

しかし、高熱が原因なら過去の記憶だけでなく、日常生活もままならなかっただろう。

（じゃあ、心理的なもの？　でも、僕が全てを投げ打って忘れたいほどのことって……？）

結局は記憶がないことで行き止まりになってしまう。

ただ、一つだけ期待できる記載があった。脳が傷ついたことでの記憶喪失は言葉どおり失ってしまっていることが多いけれど、心理的なものの場合、封印されているだけだということだ。

呼び出すことはできなくても自分の中で眠っているだけ。そう思ったら、ずっと胸の奥底に貼りついていた焦燥感が薄くなった。

（今日、決行しよう）

捻った足首もすっかり治ったし、布石も打ってある。

外出を禁じられて以来、ツェレンは計画を練っていた。屋敷をこっそり抜け出し、王都の王立図書館へ行くというものだ。

毎日、食料を届けに業者の荷馬車が出入りしている。聞けば街の大きな食材店から配達にやってきているらしい。

あの荷馬車に忍び込めばきっとすぐ街に着くはずだ。帰りは道を覚えておいて、徒歩で辿っていけばいい。

ディルやバトゥに気づかれる前に戻ってくれば、心配をかけずにすむ。少なくともディルが帰ってくる日暮れまで、不在に気づかれなければいい。

正門と裏門には警備の兵士が立っていて屋敷の周辺を見回っているけれど、ツェレン一人ならこっそり出入りすることのできる場所を見つけた。

大きく育った木の根が塀の一部を崩しているのだが、表からはそれが見えないのだ。

一番の問題はバトゥだが、彼への対策も考えてある。

「あの、バトゥさん。今日もゆっくり本を読みたいのでしばらく一人にしてもらえますか？　お昼は昨日みたいに軽く食べられるものを作ってもらえると助かります」

「かしこまりました」

この数日、手軽にすませられる昼食を用意してもらい、たくさんの本を運び込み、部屋に籠もって読みふけった。

鞄にはバトゥに用意してもらった軽食と調べ物のための筆記用具を入れ、荷馬車が来るのを待つ。

（馬車が来た！）

食材が運び入れられる様子を見守り、隙を見て荷台に戻された野菜の入っていた木箱の影に滑り込む。

「ご苦労様でした。支払いはいつものように」

「いやいや、こちらこそ毎度ありがとうございます」

「次は果物を多めにお願いします。お菓子に使いたいので、少々硬くても構いませんから」

「かしこまりました。いいものを見繕ってきます」

バトゥと業者の会話を息を潜めて聞く。やがて業者が御者席に座ったかと思うと、荷馬車が動き出した。いよいよという緊張感に息を詰める。

「いてっ」

車輪が石に引っかかったのか、馬車が跳ねる。思わず声が出てしまい、慌てて口を手で塞いだ。息を殺して業者の反応を窺《うかが》うが、聞こえていなかったらしい。

屋敷を出てからしばらく森の中を進んでいたと思ったら、その途中で停まった。

「お疲れ様です。これ、通行証です」

どうやら検問所のような場所らしい。

「いいぞ、通ってくれ」

こっそり覗き見ると、警備兵と思しき男たちが両脇に立っていた。

荷台を確認されたらと身構えたけれど、食材を運んだあとだからか特に見られることはなくほっとした。

最初の関門は切り抜けた。

再び木々の間を走り、半刻ほど経った頃だろうか。急に明るくなった。

(森を抜けたのか)

ここまでは一本道だった。

この先の道はしっかりと覚えておかなければ、屋敷へ戻ることができなくなる。

身動きが取れないこともあって体中が軋《きし》むように痛い。

第二の関門である街の入り口もすんなり通過した。

気になって布を捲って覗いてみると、大きな門がそびえ立っていた。街全体が高い壁に囲まれているらしい。

賑《にぎ》やかで雑多な音の中を進んでいた荷馬車はやがて停まった。目的地に着いたようだ。

「よーし、どうどう。いい子だったな」

馬を褒める声がする。ご褒美をやっているのだろう。

ツェレンは覆いをそっと捲《めく》り、辺りを見回す。市場の一角のようで、天幕の下に並んだ木箱はどれも空だった。

人目がないことを確認すると素早く荷馬車から降り、木箱の陰に隠れた。

荷馬車に忍び込んでいたことがバレれば、ディルにすぐ報告が行ってしまうだろう。王立図書館で調べ物をするまでは時間を稼ぐ必要がある。

のんびりしている時間はない。早く王立図書館を見つけなければ。

帰りは徒歩で戻るしかない。馬車でかかった時間は、大体一刻半といったところだろうか。歩きとなると少なくとも倍はかかる。

王立図書館を探すべく、ツェレンは歩き出した。

「いたた……腰に来た……」

荷馬車の振動が響いたせいか、腰が痛い。

大きな道に出れば、目印となる建物も目に入るはずだ。ディルの屋敷で地図を探したけれど、国土を描いたものしか見つからなかった。

（普通に暮らしてたら、わざわざ街の見取り図なんて必要ないもんな）

だけど、ここまで賑わっているということは、住民だけでなく旅行者もいるはずだ。どこかに案内板くらいは設置されていてもおかしくない。

そういったものを探そうと、まずは街の中心部を目指すことにした。

「うわ……」

小売店の建ち並ぶ大通りに出ると、真っ直ぐな道の先にそびえ立つ王宮が目に入った。反対側に目を向ければ、さっき馬車で通った出入り口よりも遥《はる》かに大きな門が立っている。

想像以上に大きな街に圧倒されながら、同時に不安も感じていた。

「こんなに広いとは思わなかった」

漠然とした地理の知識はあるのに、いざ街中に立ってみると初めて来た場所のように感じた。

きっと、以前の自分はこの街をよく歩いていたのだろう。思い出と強く結びついているであろう記憶ばかり消えている。

（どうしてこんな忘れ方をしたんだろう）

改めて不可解に思う。生活の仕方や雑学はよく覚えているのに、個人的なできごとに纏わる記憶はない。まるで過去を丸ごとどこかに置いてきてしまったようだ。

「落ち込んでる場合じゃない」

一刻も早く目的を果たして帰途に就かなくては。

太陽の位置からすると、いま入ってきた門は東に面しているようだ。

市場は店じまいを始めているけれど、食堂はいまが稼ぎどきといった様子で呼び込みにも熱が入っている。

きょろきょろと辺りを見回しながら歩いていると、人々の噂《うわさ》話が耳に入ってきた。西側にできた新しい酒場の食事が美味しいだとか、鍛冶屋が代替わりして腕が落ちたとか。

その中でもよく話題に上っているのは、新国王の評判だ。

「いやあ、あんなまっちょろい王子に何ができるんだと思っていたが、国王としてはなかなかのやり手だな」

「ああ、この短期間に色んなことが改善された。国民の声によく耳を傾けてくれてるよ」

上々の評価に、ツェレンまで誇らしくなる。

（陛下のことも思い出せないけど、きっと素晴らしい方なんだろうな。そんな方をお助けできて本当によかった）

ツェレンの体調が完全に回復したら、謁見できるだろうか。話まではできなくとも、一目だけでもお会いしたい。

「あ〜、陛下、また街に来てくれないかな。あんなことがあったせいで延期になっちゃったけど、お顔が拝見できて嬉しかったなあ」

「戴冠式のときの控えめな礼装も素敵だったわよね」

「元がいいから何でも似合うのよね！　金糸のようなさらさらの髪に太陽のように輝く瞳がミステリアスで素敵だったなあ。ディンスレン様はどんな王妃様をお迎えになるのかしら」

「きっと、どこかの国の姫君を娶《めと》るんでしょうね。隣国の二の姫が年頃だって話よ」

「あんな方の奥方になれたらどんなに幸せかしら」

「夢を見るにも大それた妄想ねえ。あんたで釣り合うと思ってるの？」

「いいじゃない、夢見るくらい」

ツェレンと同じくらいの年齢の女性たちの会話が微笑ましい。国民に憧れられる魅力があるというのは、国王としては喜ばしい。

（金髪に金の瞳……国王陛下はディルみたいな人なのかな）

貴族の家には王家から降嫁することもある。もしかしたら、遠い血縁関係があってもおかしくはない。

「それにしても、即位の儀式の件はまだ犯人が捕まってないみたいじゃないか」

「物騒で困るねえ。陛下が無事だったのが何よりだよ」

「何でも侍従が身を挺して守ったとか」

「そうそう、見上げた忠誠心だよな。未だ寝込んでいるらしいが、早くよくなるといいな」

昼から酒を飲んでいる壮年の男性たちの話にドキリとした。

（侍従って僕のこと？　王族の誰かに仕えていたって聞いてたけど、もしかして国王陛下に仕えてたの？）

しかし、そう考えると色々と納得がいく。あとの処遇も気に留めることなく、命がけで企みを証明したのは直《じか》にお仕えする方のためだったのだ。

いまも期間を気にせず休んでいいと云われてるそうだし、その間も給金が出ていると云っていた。そして、ツェレンの世話をしてくれているディルの勤務態勢に融通が利いているのも、国王陛下の口添えがあるのかもしれない。

「……いま、僕はどこにいるんだろう？」

人々の噂話に聞き耳を立てることに夢中になっていたら、完全に迷子になってしまった。人の流れに乗って歩いてしまったため、歩いてきた方向すらわからない。

商店の多い地域から住宅街にやってきてしまったようだ。立派な屋敷が建ち並んでいるところを見ると、この辺りは貴族の邸宅が多いようだ。

（この辺に僕の家もあるのかな？）

判事の住まいだった屋敷を買い取ったと教えてもらった。一軒ずつ見ていけば見つけられるかもしれない。

「……って、今日の目的はそうじゃなかった」

王立図書館に行くために、わざわざ屋敷を抜け出してきたのだ。余計なことをしている暇はない。

図書館があるとしたら、役所や裁判所が集まっている場所だろう。

「一旦戻ってみたほうがいいかな」

いまは余計なことを考えている場合ではない。道がわからなければ、人に聞けばいいのだ。

図書館への道を教えてもらおうと周りを見回す。大通りとは打って変わって、人通りがほとんどない。

「あっ、いた！」

人を探しながら角を曲がると、正面から歩いてくる近衛兵の姿があった。ツェレンはほっと胸を撫で下ろし、彼らに駆け寄っていく。

「お忙しいところすみません！　ちょっと道をお尋ねしてもいいですか？」

「道？　こんなところで何をしていたんだ？」

「気がついたら迷い込んでしまっていて……。王立図書館へ行きたかったんです」

「王立図書館？　全然方向が違うじゃないか。お前、どこの人間だ？　この国の住人でなければ、図書館には入れないぞ」

「え、あの、一応この国の者ですけど……」

記憶はないけれど、そのはずだ。

横柄な態度がさらに威圧的になった。

近衛兵は明らかにツェレンを不審がっている。

「国民なら王立図書館への行き方がわからないわけがない。身分を証明するものを見せろ」

「身分を？　すみません、いま何も持っていなくて」

「在住証明くらい持っているだろう。外出時には持ち歩くことになっているはずだ」

　そういうものがあることも覚えていなかった。きっと屋敷にはあるのだろうが、手元になければ意味がない。

「今日は持ち合わせてなくて。あっ、でも、僕はツェレンといいます」

「いま何と云った？」

「ツェレンです。ツェレン・ツェツェグ。王宮で働いているんですけど、いまは療養中で――」

　怪しい者ではないとわかればいいと思い、ディルから聞いていた情報を伝える。すると近衛兵はさっと顔色を変えた。

「よりによってその名を騙《かた》るか！　ツェレン様がこんなところで一人でいるはずがない。ツェレン様の名を騙る不届き者め！」

「え？　え？　ちょ、ちょっと待ってください！　名を騙るって本人なんですけど……」

「不審者を引っ立てよ！」

「うわっ」

　責め立てられ、自分が本物のツェレンだと証明する手立てもなく恐くなって逃げ出してしまう。

「本当に怪しい者ではないんです……！」

　そう訴えながらも、全力で走る。この様子では捕まってしまったら、まともに自分の話を聞いてくれそうもない。

　身分を証明できなければ、ディルの元に戻る術もないということだ。

「逃げたぞ！」

近衛兵たちに追いつかれないよう路地に逃げ込む。真っ直ぐの道ではすぐに追いつかれるだろうと判断した。

それにしても、街を警備する近衛兵にまで名を知られているとは、自分もなかなかの有名人だったらしい。

あの様子ではそれなりに尊敬されていたようだ。以前の自分に対して、感心すると共に劣等感がさらに大きくなる。

最悪の場合はディルの名前を出し、迎えに来てもらうしかないだろう。だけど、彼の手を煩わせないよう一人抜け出したのに、それでは本末転倒だ。

（あれ？　そういえば、ディルの家名って聞いたことがないな）

あれだけの屋敷を持っていて、近衛師団に所属しているということは、それなりの爵位があるはずだ。

〝ディル〟という呼び名は知っているけれど、正式な名前は教えてもらっていない。

愛称しか知らない相手を引受人として告げても、信用してもらえない可能性だってある。そうしたら、誰にもツェレンの身元を保証してもらえないのでは――。

もしもを考えたら、ぞっとした。

いまは絶対に捕まるわけにはいかない。ツェレンはいくつかの角を曲がったあと、空の木箱を見つけてその中に潜り込んだ。蓋をして、息を殺す。

やがて足音がいくつか聞こえてきた。剣呑《けんのん》な話し声も聞こえてくる。

「さっきの男はどっちに行った？」

「くそ、見失った。俺は右に行くからお前は左を頼む」

ツェレンを見失った近衛兵たちは苛立ちを滲ませている。彼らが通りすぎるのをじっと待ち、静かになったところでそっと木箱の蓋を持ち上げた。

（もう大丈夫かな……）

とは云え、こんな騒ぎになってしまっては王立図書館に出向くのも難しい。もしもツェレンが捕まってしまったら、またディルに迷惑をかけてしまう。

（なんでこんなことになっちゃったんだろ。別に悪いことをしてるわけじゃないのに……）

一体、自分は何をしているのだろうとため息をつく。

屋敷を抜け出したのは、記憶を取り戻したいという気持ちの他にディルへの反発心もあったことを否定できない。

庇護されるだけの存在でいることが悔しくて、自分一人でも何かできると証明したかったのだ。だけど、彼の云うようにまだ無理はすべきでなかったのかもしれない。

こんなとき、ディルがいてくれたら——。

否、いまは気弱なことを考えている場合ではない。不在に気づかれる前に帰らなければ心配させてしまう。

図書館は諦め、一旦屋敷へと戻る他ないだろう。

「でも、ここどこだろう……」

街の外からの帰り道は覚えているけれど、むやみやたらに逃げたせいで自分の居場所がわからず街の入り口の方向も検討がつかない。

せめて市のある大通りまで出られれば方向がわかるのだが、そこには近衛兵たちが確実にいるだろう。

とりあえず、街の端を目指して歩くしかなさそうだ。そうして塀沿いに歩いていけば、入ってきた出入り口に辿り着く。

覚悟を決めて木箱を出る。ふと、嗅いだことのある匂いが鼻腔を掠《かす》めた。

「この匂い……」

鼻の奥に来る薬草を煎じたような苦みを感じる香りと重く甘い官能的な香りが入り交じっている。

何の匂いだったか覚えていないけれど、ツェレンの嗅覚は知っていると告げていた。

匂いに気を取られながら足を踏み出すと、地面がぐにゃりと歪《ゆが》んだ。

「あれ……？」

ぐらりと視界が揺れる。地面が歪んだのではなく、自分の足に力が入らないのだと気がついた。

不意に激しい吐き気と強い眠気に襲われる。木箱の縁に手をついて体を支えるけれど、その場に膝をついてしまった。

（何だこれ）

疲れのせいにしては強烈すぎる。内臓の内側で何かが蠢いているような不快感と共に強制的に意識を閉じさせられているような眠さ。

　こんなところで眠ってはダメだ。ツェレンは手の甲を抓《つね》り、痛みで頭をはっきりさせようとした。必死に抗《あらが》うけれど、瞼の重さに耐えられない。頭の中が霞んでいくのを止められず、ツェレンはその場で意識を手放した。

10

この気持ちをどう形容したらいいだろう。

『好き』というだけでは、この想いを表しきれない。

世界で一番大切で、何にも代えがたい尊い存在。

初めて逢ったあの日、彼の姿は不思議と輝いて見えた。

(一体、誰のこと?)

よろしく、と差し出された手は握ると、少しひんやりとしていて柔らかかった。

優しく慈しみ深く、ときには厳しい面もある彼は友人であり兄であり先輩であり、それ以上の人だった。

――ずっと俺の傍にいてくれ。

近くにいることはできる。そうできたら、どんなに幸せだろう。

――……様?

ふと顔を上げると、それまで隣にいた人は手の届かない遠くで知らない誰かと幸せそうに笑っていた。

ああ、あの人が彼の伴侶となったのか。

(胸が苦しい……?)

この胸の痛みは知っている。嫉妬だ。

だけど、立場も違う、子をなすこともできない自分に生涯を共にする権利などあるわけがない。隣に並び立つなんてそんなおこがましいことできるわけがない。

彼は……の……なのだから。

自分では許されないその場所に、当たり前のように座っている女性に憎しみに似た気持ちが湧いてくる。

その光景を見ているのが苦しくて、その場から逃げ出そうとした。だけど、足が重くて思うように進まない。

後ろ髪を引かれるような気持ちで逃げながら、苦しくて仕方ない。

——もう行かないと。

彼の元を離れると決めたのは自分自身だ。叶《かな》わぬ想いに身を焦がし続けることに疲れたからだ。

彼の優しさによからぬ期待を抱いてしまう。そんな卑小な自分も嫌で堪らない。

——もう何もかも忘れてしまいたい。もう僕でなくなりたい。そうしたら、こんな気持ちにならなくてすむのに——。

「……っ」

魘《うな》されながら癖のある香りに目を覚ます。

（いまのは夢……？　忘れるって何を？）

それとも、以前見た夢と同じように失った記憶の残滓だろうか。

夢の中の生々しい感情がまだ残っている。恋しくて苦しくて、どんなに手を動かしても水面に辿り着けないようなもどかしさ。

額や首筋にはじっとりと脂汗が浮いていた。袖で汗を拭いながら顔を上げたツェレンは、見覚えのない室内の様子に目を瞬いた。

「ここは……？」

辺りを見回す。応接間のような場所で、ツェレンは長椅子に寝かされていたようだった。

（またやっちゃったみたい……）

建物の陰で眠気に襲われて意識が遠のいたあと、また無意識に徘徊《はいかい》してしまったようだ。

呪術の影響が薄くなっていると云われて安心していたけれど、完全に消え去ったわけではなかったのだろう。

鞄もどこかに落としてきてしまったようで、近くに置かれてはいなかった。

「ぼんやりしてる場合じゃない」

まずは自分のいる場所がどこなのか特定しなくては。

ツェレンは卒業後、王宮近くの住宅街に住居を構えたと聞いた。もしかして、無意識に自宅へと戻ってきたのだろうか。

淡い期待と共に室内を再び見回してみる。

寝かされていた長椅子も名のある職人の手によるものに見えるし、飾り棚に並べられた陶器の人形も繊細で美しい。

大輪の花が生けられた豪奢な花瓶や抽象的で目を引く色合いの絵画も存在感を放っている。

「うーん、僕の趣味っぽくないな」

それぞれはどれも素晴らしいものだけれど、並べて置くには統一感が感じられない。

(やっぱり、意識を失っているところを通りすがりの人に助けてもらったのかな?)

そういえば、微かに不思議な匂いもする。さっきも街中で嗅いだのはこの香りだろうか。最近流行りの香なのかもしれない。

(早くお暇したほうがよさそう……)

意識がないところを保護してもらったことには感謝しているが、この部屋にいると落ち着かない気持ちになってくる。

この部屋には時計もない。意識を失っていたせいで、時間の感覚がなくなっている。早く屋敷に戻らないと、ディルやバトゥに心配をかけてしまう。

日の高さを見れば大体の時間もわかるはずだ。そう思い、外の様子を確認しようと窓に近づく。

「あれ?」

木戸を開けようとしたけれど、びくともしない。どこかに鍵がかかっているのかとよくよく見ると、飾り窓で壁に作りつけられているだけだと気がついた。

他の窓も見てみるが、どれも同じで外と繋がっている場所はどこにもなかった。

廊下に出てみれば何かわかるかもしれない。そう思い、扉の取っ手に手をかける。

「鍵がかかってる？」

左右に回してみたけれど、押しても引いても開けることはできなかった。つまり、ツェレンはこの部屋に閉じ込められているということだ。

「何なんだよ、この部屋……」

どこにも行けないとわかると、余計に恐怖が込み上げてくる。

不可解に思っていると、ガチャガチャと金属音がした。誰かが扉の向こうにいて、部屋の中に入ってこようとしている。

「……っ」

警戒しながら扉のほうを注視していると、部屋に年上の男性が入ってきた。

「ああ、目が覚めたようだな。気分はどうだ？」

彼は両手に抱えた細長い盆を机に置きながら、所在なく立ち竦むツェレンに声をかける。

ツェレンよりも一回りほど年上だろうか。細い目に縁の細い丸眼鏡をかけ、緩く波打った髪を後ろで一つに縛った学者然とした人だった。

背丈はツェレンと同じくらいで、細身の体に膝まであるゆったりとした長い上着を羽織っている。

「ええと、お陰様でもう何とも。あの、僕はどうして……」

見た感じでは怪しい人物ではなさそうだ。だが、閉じ込められていた意図や彼の正体がわからないため、慎重に言葉を選ぶ。

「この近くをふらふらと歩いていたんだよ。声をかけたら意識を失ったから、我が家に連れてきたんだ。この部屋は扉の金具の調子が悪くてね。開けるにはコツがいるんだ」

「そうだったんですか。すみません、大変お世話になりまして……」

経緯を教えてもらい、深々と頭を下げる。誰の手も煩わせたくないと思いながらも、結局はこうして迷惑をかけてしまう。

「この匂い……」

「ああ、これか。気持ちの落ち着く香なんだ。いい香りだろう？」

「え、ええ」

曖昧に肯定したけれど、落ち着くというよりは酔ってしまいそうな甘ったるい香りだった。好みの分かれる匂いではないだろうか。

そして、さっき住宅街で嗅いだのはこの香りだったろうか。

「ふむ、見たところ寝込むほどではなさそうだな。気絶したのは、体力が戻りきっていないということか」

どうやら、彼はツェレンのことを知っているようだ。気安い話し方から、それなりのつき合いがあったと思われる。

（仕事の関係の人かな？）

同僚というには年が離れている。上司にしては距離が近いように感じるし、かといって友人といった雰囲気ではなかった。

　柔和な印象なのに、何故か彼を見ていると焦燥感が這《は》い上がってくるようで、不安な気持ちになる。見知らぬ場所で見知らぬ人間と二人きりだからだろうか。

「あの、すみません、あなたはどなたですか……？」

　彼のことはまったく思い出せないが、彼は自分のことを既知のようだ。

「……何を云ってるんだ？」

　ツェレンの問いかけに、男は怪訝《けげん》な顔をした。

「実は僕、目を覚ましてから以前の記憶がなくて……。あなたは僕をご存じのようですが、あなたのことがわからないんです」

　信じてもらえるかわからないけれど、事情は説明しておくべきだろう。質の悪い冗談を云っていると思われなければいいのだが。

「なるほど、記憶がないという話は本当だったのか」

　男はツェレンの告白に一瞬目を瞠ったあと、思わずと云った様子で笑った。

「はい。だから、誰のこともわからないんです」

　申し訳なく思いながら告白すると、男は自己紹介をしてくれた。

「私はソホル。この国の宰相だ」

「えっ、宰相!?　申し訳ありません！　大変な失礼を……」

　想像以上に身分の高い人物だったことに驚く。どうしてそんな偉い人が、ツェレンのことを知っているのだろう。

「そう畏《かしこ》まらなくていい。君のことは昔から知っている」

「昔から？」

「初めて顔を合わせたのは大学校に入学した年だから、十四、五年前か？　記憶がないと云うが、会話は支障なくできているじゃないか」

「身についた日常的なことや一般的な知識は残っています。この国の制度や規則も何となくわかっているみたいなので、生活に支障はありません」

「だったら、君はどんなことを思い出せないんだ？　こう見えて、私は薬草の調合が得意でね。何か役に立てることがあるかもしれない」

「本当ですか？　思い出せないのは、主に自分のことです。自分の生まれや生い立ちもわからないし、これまでに知り合った全ての人のことを覚えていません」

　物心ついた幼少期から現在まで、すっぽりと思い出せない。そして、自分の経験に付随するあらゆることも封じ込められている。

「そうか、自分のことがわからないのは辛いな」

「自分が体験したようなことはまるで覚えていなくて。この街のこともわからなくて迷ってしまったんです。思い出と結びついていることに関してはどれも曖昧で」

　ソホルはツェレンの話を聞き、腕を組んで考え込む。

「なるほど、部分的に記憶が封じられているということだな。目を覚ましてから、何か思い出したことはないのか？」

「いいえ、全然。例えば花の匂いを嗅いで、好きな香りだってわかることはあるんですけど、それは思い出したんじゃなくて気づいただけですよね？」

「そうだな。だが、香りは記憶と強く結びついているものだから、思い出すきっかけになるかもしれない。しかし、君はまるで自分の過去を忘れたがっていたみたいだな」

「僕がですか？　どうして、そんな……」

「覚えていないのは君の手の届く範囲のことばかりだ。呪術による記憶操作で時期や種類を限定することは本来ありえない。だが、自ら忘れたいと思うなら別だ。違う誰かになりたいと願ったかのようじゃないか」

「違う誰か……」

ソホルの言葉に胸がざわめいた。心当たりなどないはずなのに、後ろめたい気持ちが込み上げてくる。

「君が倒れた原因というか事件については聞いているか？」

「はい、大まかには。国王陛下を狙って〈呪術薬〉の仕込まれた儀式用の葡萄酒を飲んでしまったとか」

「そこまで聞いているんだな。君が犯人の話を耳にして危険を知らせてくれたんだが、そのことは記憶しているか？」

「いいえ、まったく。思い出せれば首謀者の逮捕に役に立てると思うんですけど……」

耳にした悪巧みの内容どころか、自分が毒を飲んで倒れたことすら覚えていない。

「あの場では君がどんな会話を耳にしたのか、詳しく聞くことはできなかったからな。思い出してもらえれば、確かに犯人逮捕にも役立つだろう」

「些細なことでも思い出せるように頑張ります。あ、でも、たまに夢を見るんです。多分、あれは失った記憶の断片なんじゃないかって……」

「なるほど、君の記憶は失われたわけではなく、封じられているだけなのかもな」

「僕もそう思います！　だから、いつか思い出せるはずだと信じてるんです」

期待を滲ませると、ソホルは一瞬苦い顔をした。

（ん？　いま、変な顔しなかった？）

すぐににこやかな表情に変わり、見間違いだっただろうかと内心で首を傾《かし》げる。

「思い出せるといいな。——ところで、街には一人で来たのか？」

「あっ、はい！　記憶を取り戻す手助けになればと思って、王立図書館に行こうと思ったんです」

「ほう、あそこの蔵書は素晴らしいからな。私もよく足を運んでいるよ」

「残念ながら僕は迷ってしまって、辿り着けなくて……。その途中で急に眠くなってしまって、気がついたらここにいたんです」

「それは大変だったな。で、意識を失った場所はどの辺だ？」

ソホルは根掘り葉掘り訊いてくる。

「迷子になってたからはっきりとは……。でも立派なお屋敷の並んでいる地域です。そこから坂を下るように逃げてきました」

「逃げる？」

「それが、近衛兵に道を尋ねて名前を名乗ったら、不審者だと思われてしまって」

ばつの悪さを覚えながら事情を説明する。

「近衛のくせに君の顔がわからないなんて、新人でなければ余程の間抜けだな。それじゃあ、歩いてはいたが我が家の前にいるときには意識がなかったということか」

「眠っている間に出歩いてしまうことが何度かありました。今回もそういう状態になってしまったんだと思います」

これまでは日中にあれほどまでに眠くなることはなかった。何かの香りを嗅いだ瞬間、魔法でもかけられたように強い睡魔が襲ってきたのだ。

（匂い？）

そういえば、あれはどんな匂いだっただろうか。

「それは確実に〈呪術薬〉の影響だろうな。なるほど、まだ効果が切れていないということか。距離が近くなったのも影響したのかもな……」

「え？」

意味のわからないソホルの呟《つぶや》きが気にかかり訊き返す。

「いや、体調が悪いときは意識が朦朧《もうろう》とすることもあるからな。無理はいけない。しばらく我が家で休んでいくといい」

「ありがとうございます……」

礼を口にしつつ、ソホルへの疑念が湧いてきていた。

（いま、ごまかされなかった？）

何かはわからないけれど、ソホルは何かを隠している気がする。探りを入れるべきではないだろうか。

ディルやバトゥも最初はツェレンに全てを教えてくれなかった。いまも無用な心配をさせまいと蚊《か》帳《や》の外に置かれている。

彼らに悪意があるわけでないのはわかっている。だけど、自分のことは自分できちんと把握しておきたい。

「ところで、陛下から空気の綺麗な静かなところで療養させようと郷里のツェツェグ家に帰したと聞いていたが、いつ王都に戻ってきたんだ？」

「え？　陛下から？」

目覚めてからずっとディルの屋敷で世話になっている。どうして国王陛下はそんなことをソホルに告げたのだろう。

「それも覚えていないのか？　まあ、いい。いまはどこに滞在してるんだ？　王都の自宅へ戻っているのか？」

矢継ぎ早の質問に焦ってしまう。自宅と云われてもどこにあるのかさえわからない。

「ええと、友人のディルの屋敷でお世話になってます」

「陛下の？　屋敷というと、先々代の別宅か。そうか、なるほどな、あそこは盲点だったな」

ソホルの呟きに引っかかりを覚えた。

「あの、陛下ってどういうことですか？」

「どう、とは？」

「いまディルを陛下って云いましたよね？」

「ああ、ディンスレン陛下の愛称だろう？　君は昔からそう呼んでいたじゃないか。待てよ、いま呼び捨てにしていたな。もしかして、君は彼の身分を聞かされていないのか？」

「身分って……」

ソホルは困惑するツェレンの様子に声を立てて一頻《ひとしき》り笑ったあと、教えてくれた。

「ディンスレン様は、先日王位を継いだばかりの新国王陛下だ」

「ディルが国王陛下――」

大きな衝撃を覚えながらも、まさかという気持ちは湧いてこなかった。むしろ、これまでの疑問や違和感に全て説明がつく。

手入れの行き届いた広い屋敷、長年仕えている有能な執事。敷地の周りに配された警備兵たち。そして、近衛師団の最高責任者は国王だ。

（でも、どうして教えてくれなかったの……？）

ディルはツェレンを好きだと云ってくれた。その言葉は真実だった。自分の正体を伝えたら、ツェレンが気後れするとでも思ったのだろうか。

「……あれ？　目眩《めまい》がする……」

座っているのに目の前がぐるぐると回っている。座面に手をつき、体を支えるけれど、上下の感覚がおかしくなってくる。

衝撃の事実に脳が疲労しているのだろうか。

「まだ体調が万全じゃないんだろう。この煎じ薬は滋養強壮にいいんだ。少し苦いが体にはいいから飲むといい」

ソホルはそう云って、香炉の横にある金属の容《い》れ物の蓋を取った。

「……ッ」

むわっと薬草を煎じた匂いが漂ってくる。ざわりと鳥肌が立った。

（この匂い、どこかで嗅いだことがあるような気がする）

嫌な記憶と結びついていることはわかるのだが、その肝心のできごとが思い出せない。

「痛っ」

お茶の匂いが鼻腔を刺激し、頭に刺すような痛みが走る。ズキズキと脈動するような痛みがどんどん大きくなっていく。

ソホルは小さな茶器に煎じ薬を移し、ツェレンの顔の前に突き出してきた。

「さあ、早く飲みなさい」

「え、これをですか？」

「好き嫌いはよくない。私が悪いものを飲ませるとでも？」

彼に見つめられていると、闇に引きずり込まれるような不安な気持ちになってくる。本能が彼に恐怖を感じている。

「いえ、そういうわけでは……。ちょっと待ってください、急に頭が痛くなって……」

「安心しなさい。飲めばそれもすぐによくなる」

圧に押され茶器を手に取るが、癖のある匂いに顔を顰《しか》めた。

「先に少し休ませてください。いま飲むと戻してしまうかもしれないですし」

「それでも構わない。一旦飲み込むことが大事なんだ。これを飲めば楽になる」

本能が危機感を覚えて拒むが、何故か彼の言葉に従いそうになる自分がいる。

（何でだろう？　すごく嫌なのに、この人に従わなきゃいけない気がする）

意志や理性とは切り離された何かがツェレンを急き立てる。

「思い出せないことが辛いんだろう？　それは中途半端に覚えていることがあるからだ。何もかも忘れてしまえば、苦悩も共に消え去ってくれる」

「何も……？」

一瞬、気持ちが揺れた。

「やっぱりもう帰ります！　お世話になりました」

「どうやって帰るんだ？　ここがどこかもわからないのに」

逃げ出そうとソホルの横をすり抜けて扉に手をかけるが、やはりさっきと同じように開かない。扉が開かなかったのも金具の不具合などではなく鍵をかけられていたのだろう。

「しばらく我が家に滞在してもらう。処置がすんだら、陛下の元に返してやろう」

「処置？　うわっ」

腕を掴んで引っ張られ、長椅子に放られる。ソホルはツェレンの上に跨がって頭を押さえ、茶器を口元に押し当ててきた。

「あまり美味くはないが飲んでしまえば忘れられる」

「うう……」

拒みきれずに器に口をつけようとした瞬間、近くで激しい音がした。

「何だ？」

バン！　という音と共に、人がなだれ込んでくる。無理やり力業でこじ開けられた扉は床に倒れ込んだ。

「ツェレン、無事か!?」

「ディル……！」

近衛兵たちと共に踏み込んできたのはディルだった。

「くそっ」

ソホルは茶器を取り落とす。絨毯《じゅうたん》に煎じ薬が飛び散り、鼻につく香りがさらに強く立ち上った。その匂いに刺激され、再び激しい目眩に襲われる。

「うっ……」

脳内に様々な場面が浮かんでは消えていく。

ディルと初めて出逢ったあの日のこと、二人で眠った嵐の夜、静かに泣くディルを抱きしめたときの感触、卒業するディルを見送ったときの寂寥《せきりょう》感、そして、憧れではなく恋い慕っているのだと気づいた瞬間――。

倒れ込む寸前、ディルに抱き留められた。

「ツェレン!?」

「……あの日もこうして助けてくれましたよね」

即位の儀式のあの場所で、ディルは葡萄酒を飲んで倒れたツェレンを同じように抱きかかえてくれた。

何もかも思い出した。

彼こそがこの国の若き国王で、ツェレンの愛する人だということを。

「ディル様…よかった、あなたがご無事で……」

あのとき、ソホルの制止を振り切って、一か八かで葡萄酒を飲んだことは間違っていなかった。

自信家で冷静なディルが、いまは泣きそうな顔でツェレンを見つめている。そんなに心配させてしまったのかと胸が痛む。

「僕は大丈夫ですから、そんな顔をしないでください。僕はここにいますから」

「もう勝手にどこにも行くな」

絞り出すように懇願され、強く抱きしめられる。

ツェレンは「はい」と答える前に意識を失った。

11

ツェレンは歩き慣れた廊下を抜け、その奥にある扉の前に立った。明日からはもうこの部屋に来ることはないと思うと、少し淋しい気持ちになった。

感傷に浸りそうになっている自分に気づき、慌てて首を横に振る。いまはまだそのときではない。

背筋を伸ばし、扉を叩く。

「ツェレンです。入りますよ」

努めて声を張り、いつものように返事を待たずに扉を開けた。

「遅いじゃないか、ツェレン」

絹の寝間着を身に着けたディルが硝子の器を手に待ち構えていた。長椅子ではなく、寝台の上で胡《あ》座《ぐら》を掻いて座っている。

金色の丸盆の上に乗っている瓶は酒だろうか。その横の小皿にはツマミと思しき木の実やチーズが盛られている。

「飲んでるんですか？　明日が何の日かわかってらっしゃいますよね？」

ついつい小言めいたことを口にしてしまう。

明日の件について相談があるというから、帰宅したその足で王宮へと戻ってきたのだ。

「わかってるから飲んでるんだろう」

「前祝いということですか？」

「むしろ惜別の酒だな。いままでの俺との」

「……！」

どこか遠い目をするディルの表情に思わず息を呑んだ。

ディル――ディンスレン・リースリング。リースリング王家の第二王子として生まれた彼は、明日国王の座に就く。

彼の兄である前国王レゼルヴ・リースリングが急逝したからだ。国内の視察に出た際、不慮の事故で落馬し不幸にも亡くなった。

短い在位期間だったにも拘《かか》わらず国民に愛された人だった。がっしりとした大きな体で常に朗らかで鷹揚《おうよう》な人物だった。

人を疑うことを知らず、どんな相手でも受け入れてしまう懐の深い人だった。政《まつりごと》は苦手だと公言し、派閥に関わらず臣下を重用することも多かった。

ディルの継承順位は第二位で、本来なら幼い甥《おい》が上なのだが、まだ四歳と幼く政はできないため、彼にそのお鉢が回ってきたというわけだ。

本人は気乗りしない様子で王位から逃れる方法はないかと画策していたけれど、前王妃たちに説得をされてとうとう腹を括《くく》ったというわけだ。

「寝酒につき合え」

「え、お酒ですか？」

ツェレンは酒に弱い。一杯飲んだだけで酔っ払ってしまう。寝てしまうだけならいいけれど、いい気持ちになってつい口が軽くなってしまうのが困った点だった。

「少しくらい飲みすぎたっていいだろう？　ただのディルでいられるのは今日までなんだ。今夜くらいつき合ってくれるよな？」

「え、でも……」

酒を少し飲んだだけで気分が高揚し、云わなくてもいいことを口にしてしまう。

そして、一杯飲み終える頃には睡魔に負け、注がれた二杯目に口をつける間もなく眠ってしまうのだ。

「一口二口くらいなら大丈夫だろう？　眠くなったら寝ていけばいい」

「……じゃあ、ちょっとだけ」

身分を超えた友人つき合いも、今日で終わってしまう。最後の夜くらい、羽目を外してもいいかもしれないと思い、ディルの誘いを承諾した。

「よし！　じゃあ、こっちに来い」

寝台の上から手招きをされる。子供のようにはしゃぐディルに苦笑する。明日を前にして、想像以上に緊張しているのかもしれない。

「本当に今夜だけですよ。でも、こういうの子供の頃みたいですね」

お菓子をこっそり持ち込んで、大人の目を盗んで夜更かしをした。バレていないと思っていたのに、執事のバトゥに見つかって長いお小言をもらったのもいい思い出だ。

「杯を持て」

「あっ、ちょ、そんなに飲めないですよ！」

ディルはツェレンの手にした杯に並々と酒を注ぐ。縁ぎりぎりまで満たされた酒を零さないよう、緊張しながら両手で捧げ持つ。

「最後の夜に」

「――――」

杯を持ち上げながら云われた言葉に息を呑む。

最後の夜――それはツェレンにとっても同じだ。幼い頃に出会い、これまで気の置けない友人として過ごしてきた。

ツェレンは昔からディルは国王の器だと思っていたから嬉しい気持ちはあるし誇らしくもある。それと同時にめでたいことなのに淋しくて堪らない。

何故なら、ずっと彼に恋をしているからだ。これまでも身分違いではあったけれど、友人として一番近くにいることができた。

相談ごとがあれば一番に声をかけてくれた。

楽しいことも悲しいことも共有してきた。

だけど、これからその役目を担うのは自分ではない。

「乾杯」

細身の杯の縁をカツンと合わせ、ディルが口をつけるのを見届けてからツェレンも杯を傾けた。

「……美味しい」

これまで飲んだ酒はどれも大人の味で、果汁で割らなければ飲みきれないものばかりだった。

だが、今夜ディルが勧めてくれた酒はほんのりと甘く、すっきりとした口当たりでとても飲みやすい。

「だろう？　飲みやすいと評判の林檎酒だ。これならツェレンも飲めるんじゃないかと思って取り寄せておいた」

「わざわざ僕のために、ですか？」

「一人で飲むなら安酒でいい。酔えればいいだけだからな」

「これから国王になろうという人が何をおっしゃってるんですか」

「どんなに美味い酒だって、一人で飲むのは味気ないんだよ。ツェレンが一緒だと特別に美味いな」

「……っ、一杯しかつき合えませんからね」

「わかってる」

早速、空になった杯に酌をする。

霞でも食べていそうな雰囲気を纏っているくせに、ディルはかなりの酒飲みなのだ。

普段は嗜《たしな》む程度しか口にしないが、羽目を外すと決めた日は翌日が使いものにならないくらい暴飲する。

「しかし、今日まであっという間だったな。レヴがこんなに早くこの世を去るなんて思いもしなかった」

「……そうですね」

レヴ――ディルの兄であるレゼルヴ国王が亡くなってから、眠る暇もないくらい目まぐるしい日々だった。

レゼルヴが王位に就いてまだ五年と経っていない。彼の治世はこれからというときだったのに、視察先での落馬事故により急逝してしまった。

専制的な君主であった父親のようにはなるまいと、部下を信頼するが故に甘く大雑把なところもあった。今回の落馬事故はそれも原因の一つだったかもしれない。

泣き暮らす王妃の代わりに国葬の指揮を執ったのは、弟であるディルだ。レゼルブ国王の息子がまだ幼いこともあり、王位継承についても紛糾した。

「まさか、この俺が国王とはな」

ディルは自嘲気味に笑う。

先々代の国王である父親の独裁的な治世と臣下の派閥争いを見て育ったディルは、政治的な事柄とは距離を置いてきた。ともすれば政争の具に利用されないとも限らないからだ。

そんなディルが王の座に就くことになったのは、どんな運命のイタズラだろう。

本来の王位継承権第一位はレゼルヴの息子、エルウェだ。しかし、彼はまだ四歳と、国を治めるには幼すぎた。

後見人をつけて王位に就く選択肢もあったが、エルウェの母である前王妃の強い希望で、継承権第二位のディルに白羽の矢が立ったというわけだ。

一部の貴族たちからは反対の声が上がった。妨害工作もあったけれど、最終的に承諾されたのは、ディルの優秀さを皆が知っていたからだ。

「レゼルヴ様のことはもちろん悲しいですが、ディル様は国王に相応《ふさわ》しい器だと思っていました。国民の一人として幸せです」

「君は幼馴染みの欲目があるからな。国民にもそう思ってもらえるよう努力するよ」

「幼馴染みだからこそ、ディル様の適性がわかるんです。僕は知ってます。中央から距離を取るために、世相に無関心なふりをしていたんですよね？　でも、そんな人が匿名で孤児院の支援なんかするわけないじゃないですか」

「あれは……ただの気まぐれだよ」

「レゼルヴ様も鷹揚で思い遣りのある方でしたが、少し優しすぎました」

ディルの兄であるレゼルヴ前王はとても優しく愚直な人物だった。同時に、表ばかり見て裏の真実に気づかない無頓着な面もあった。

優しさ故の優柔不断な性格が、水面下での貴族の派閥争いを激しくした経緯もある。争いを誰よりも厭《いと》っていたのに皮肉なことだ。

臣下の意見を尊重するのは大事だが、流されてばかりではなくもっと自分の考えを口にしてくれたらと思っていた。

「ツェレン、もう杯が空じゃないか。もう少しどうだ？」

「いえ、これ以上は……」

すでに体がほんのり温かくなり、ふわふわとした気分になっていた。このまま飲み続ければ、きっと理性が保てなくなる。

「まだ酔っているようには見えないぞ？　以前よりは強くなったんじゃないのか？」

「そうでしょうか？　でも、ちょっとだけならいいかな」

口当たりのいいまろやかな甘さは、ツェレンのために取り寄せたと云うだけあって好みの味だった。

「よし、そうこないとな」

ツェレンが譲歩を見せた瞬間、ディルはまた杯いっぱいに酒を満たす。

「あっ、ちょっとって云ったじゃないですか！」

「すまん、手が滑った。飲めなかったら残せばいい。俺が飲むから」

「本当ですか……？」

半分ほど飲んで、あとは飲んでもらおう。そう思ったのに、結局二杯目も飲み干してしまった。

「もう一杯どうだ？」

「じゃあ、もう一杯だけ……」

そう云って注いでもらった三杯目も飲み干し、四杯、五杯とおかわりしてしまい、いつになくたくさん飲んでしまった。

（ちょっと飲みすぎたな）

こんなふうにふわふわと気持ちよく酔うのは初めてだ。

「けっこう飲める口じゃないか」

「自分でも驚いてます。ふわふわして気持ちいいのに、いつもみたいに頭が痛くならないのはどうしてなんだろう？」

普段、祝いの席で口にする葡萄酒は、飲んだあと必ず頭が痛くなる。

「酒も体質に合う合わないがあるからな。ツェレンとこんなふうに飲める日が来るなんて感慨深いよ。初めて会ったときはこんなにちっちゃかったのに」

ディルは親指と人差し指で大きさを示す。

「そんなにちっちゃいわけないじゃないですか！　それじゃ子猫の赤ちゃんですよ」

「まるで子猫みたいだったな。一人で王都までやってきた心細さに震えてるのに、精一杯背伸びして虚勢を張ってて」

「あれは王子様と同じ部屋になるって聞いて緊張してたんです」

「自分の名前も噛んで云えていなかったな、そういえば」

「それは忘れてください！」

幼い頃は舌足らずで、自分の名前も〝チェレン〟と発音してしまうことがあった。

これ以上、恥ずかしい記憶を思い出されても困る。ツェレンはディルの手から杯を取り上げた。

「ディル様も飲みすぎです。明日は寝坊しないでくださいよ。二日酔いになっても僕は起こしにきませんからね」

「それは困る。いつもみたいに泊まっていけばいいだろう」

「明日には国王となるんですよ？　いつまでも僕に甘えないでください」

「今日までは甘えても許されるのか？」

「……そうですね。日付が変わるまでならいいですよ」

譲歩しなければ、要求が増しかねない。

「なら、膝枕をしてくれ」

「は？」

「昔はよくしてやっただろ。一回くらい、俺がしてもらってもいいはずだ」

「そ、それは子供のときのことで……」

「ツェレンばかり不公平だろう」

「あっ、ちょ……！」

ディルはツェレンの返事を待たず、太股《ふともも》の上に頭を乗せてきた。

「僕に膝枕をさせて何が楽しいんですか？」

「ここからだとツェレンの顔がよく見える。普段は書類ばかりに目を向けてるから、なかなか顔が見られない」

「それは仕方ないじゃないですか。仕事なんですから。ていうか、仕事中に僕の顔見なくていいです」

「だから、たまにはこうしてみたいんだよ」

「こんな姿、国民には見せられませんね」

「君にしか見せないよ。なあ、ツェレン。大事な話があるんだ」

「……っ」

ディルはツェレンの膝に頭を乗せたまま、頰に手を伸ばしてくる。甘い空気と真剣な声音に、妙な気分になってくる。

(何だこれ)

空気感が耐えきれず、何かごまかせないかと辺りを見回す。

ふと、寝台の横の机に置かれた冊子のようなものが目についた。ディルの蔵書は片っ端から目を通しているけれど、初めて見る装丁のものだ。

「新しい本をいつ買ったんですか？」

「ん？　ダメだ、それは——」

ツェレンがそれに手を伸ばすと、ディルは珍しく慌てた顔になって飛び起きた。

「あっ、すみません！」

閉じようとして取り落としてしまった。薄い冊子は広がって床に落ちる。腕を伸ばして拾おうとしたツェレンは、そこに描き込まれた美しい女性の姿絵に息を呑んだ。

「……お見合いなさるんですか」

「するわけないだろう。義姉《あね》上が余計な気を回して持ってきたんだ。明日、返すつもりで置いておいたんだ。君に見られるとはな」

「どうして返すんですか？　素敵な方なのに」

妻を娶り、子供を作る義務がある。それが一国を統治する国王の義務だ。

「俺は——」

「ディル様のお子様ならきっと可愛いだろうなあ。女の子だと可愛すぎて心配になるかもしれませんね。男の子ならディル様にそっくりですよ。利発でかしこくて、実はやんちゃなところもあって」

こんな仮定の話すら、ツェレンの胸を痛めつける。その光景にツェレンは存在することはできない。

そもそも、ディルの隣にいられたこと自体、奇跡だったのだ。

叶わない気持ちを抱えたまま傍にいるのは辛すぎる。彼が即位したら、侍従の職を辞するつもりでいた。

「僕はディル様には幸せになってほしいんです。人生のどの瞬間も、世界中の誰よりも喜びに満ちあふれていて欲しい」

「ずいぶん大胆な願いだな」

「ディル様のお陰で僕は僕らしく生きてこられたんです。感謝してもしきれません」

酒のせいか、口が軽くなってきた。

「それは俺も同じだ。ツェレンがいなかったら、どんなにつまらない人生だったか。無味乾燥な日々が色鮮やかになったのは君がいてくれたからだ」

「その言葉、一生の宝物です。いまだから云いますけど、ずっとお慕いしてたんです。初めてお会いしたとき、こんなに格好よくてキラキラした人がいるんだって驚きました」

「そんなふうに思っていたのか？　どうしていままで云ってくれなかったんだ」

「こんなこと恥ずかしくて云えるわけないじゃないですか！　そんな人がお世話係になってくれて、色んなことを教えてくれて、不安なときは寄り添ってくれて……」

両親を亡くし、叔父夫婦に捨てられたも同然だったツェレンには味方などいなかった。一人で生きていくのだと、幼心に覚悟を決めていたけれどそれでも不安がいっぱいだった。

そんな自分を包み込むように庇護してくれたのがディルだ。捻くれることなく生きてこられたのは彼のお陰だ。

「ディル様がいてくれたから、いまの僕があるんです。心から感謝しています。初等科でディル様が新入生の僕のお世話係になってくれたこと、代々語り継いで自慢しますね」

酒の勢いを借りて熱弁を振るっていると、再び膝枕から体を起こしたディルが、真剣な表情で詰め寄ってきた。

「もう一度云ってくれ」

「え？　どれをですか？　ディル様を格好いいと思ったことですか？」

「それじゃない。俺のことをどう思ってたって？」

「え、その、お慕いしてました……？」

いつになく必死な様子のディルに、照れることも忘れてしまう。

「それはどういう類いの気持ちなんだ？」

「ど、どういうって、言葉どおりですけど……」

「親や兄弟に向ける親愛の情か？　それとも、唯一無二の恋情か？」

「そそそそんなこと気安く云うことでは——」

酔いに任せて吐露した言葉を追及されるとは思わず、動揺してしまう。

「俺は真剣に訊いている」

「あ、あの、僕は……」

自分の気持ちを知っておいてもらいたい。そんな独善的な願望から、思わず口にしてしまっただけだ。

「どうしてもっと早く云ってくれなかったんだ。何度も俺の気持ちは伝えていただろう?」

「え? ディル様の気持ち?」

これまでの発言を思い返すが、どれのことを云っているのかわからない。困惑し、目を瞬いているツェレンの様子に、ディルは大袈裟にため息をついた。

「覚えてもいないなんて悲しいな。俺は本気で求婚してたんだがな」

「求婚!?」

そういえば、ディルはずっと冗談めかして云っていた。

――結婚するならツェレンがいい。絶対俺が幸せにする。

ツェレンはそう云われるたび、何を云ってるんですかと笑い飛ばしていた。

(あれは冗談じゃなかったってこと?)

いま思えば真剣な口調だったし、茶化すような雰囲気は一切なかった。冗談だと云われたこともないし、そう思い込んでいたのはツェレンだけだったということか。

「初めは弟ができたみたいで嬉しかった。いつ好きになったかなんて覚えてない。健気《けなげ》で努力家な君が俺を全力で慕って信頼してくれるのが嬉しくて、一生を共にするなら君しかいないと思ったんだ」

「あ、あの……ディル様……」

「愛してる、ツェレン」

「……っ」

泳いでいた視線が、ディルの眼差しに捕らえられた。

——この人が好きだ。

世界中で誰よりも愛している。この世の全ての人が不幸になったとしても、彼だけが幸せなら構わない。

「俺はずっと君が好きだった。いや、愛してるんだ」

「ディル様——」

愛おしさの込められた眼差しは、酒に酔ったツェレンをさらに蕩けさせる。

「同じ気持ちだって解釈していいか？」

熱烈な告白に頭がついていかない。体中が熱くて、ばくばくと煩《うるさ》く鳴り響く鼓動も余計にツェレンを混乱させた。

小さく頷くと、次の瞬間、唇を塞がれた。

「！」

唇が触れた瞬間、体中に電流が走り抜ける。押し当てられた唇は柔らかく、蕩けそうに熱かった。

衝撃に固まったツェレンをディルは背骨が折れてしまいそうなほど強く掻き抱き、口づけを深くする。

「んん、んー……っ」

待ちきれなかったと云わんばかりに唇を貪られる。言葉よりも雄弁な口づけに困惑し、泣きたくなった。

ディルは酒の載った丸盆を枕元に押しやり、寝台にツェレンを押し倒す。思わず喘《あえ》いだ唇の隙間から舌が入り込み、その熱さに目眩がした。

口づけは甘い酒の味がした。さっきまで飲んでいた酒以上に、ツェレンを酩酊《めいてい》させる。

「ディル様……」

「ツェレン」

熱っぽい眼差しに、このまま抱かれてしまうのだと確信した。

最後の夜くらい、我が儘になっても許されるだろうか。思い出の一つくらいもらったって、バチは当たらないんじゃないか——そんな気持ちに背中を押され、再び目を閉じる。

「ン、んん、ぅん」

より濃厚になった口づけを享受しながら、ディルの首に腕を回す。寝台に横たえられ、シャツの裾から大きな手が忍び込んできた。

昔はよく、この手に頭を撫でられたり、体を洗ってもらったりしたけれど、こんなふうにいやらしく動き回るのは初めてだ。

「んぁ、う、んんっ」

脇腹や胸元に触れられると、ぞくぞくと背筋が震える。口づけられているせいで、くぐもった声が出るだけだ。

「ん……っ」

やがて、胸の尖《とが》りに指先が触れた。最初は偶然といった様子だったけれど、目的のものを見つけたとばかりに弄《いじ》られる。

捏ねるように指の間で揉まれ、押し潰される。痛覚ぎりぎりの刺激に、ツェレンは身悶えた。

「ふは……っ、は、あっ」

唇が解《ほど》け、空気が肺いっぱいに入り込んでくる。酸素を求めて喘ぐ中、乳首へのいたずらにびくっと体が跳ねる。

気がつけばシャツの釦は外され、大きくはだけていた。衝動に突き動かされるように、ディルはツェレンの肌に噛みついてくる。

「あっ」

噛まれたあと吸い上げられた皮膚には、赤い斑点がいくつも残った。

「ちょ、ちょっと待って、やっ」

弄り回され赤く色づいた胸の小さな尖りに唇で触れられた瞬間、小さく声が上がった。ディルはツェレンの制止に耳を貸さず、硬くなった粒を舌の上で転がし、歯を立てる。

生温かい感触がむず痒く、感じてしまうことが恥ずかしい。ツェレンの戸惑いを気に留めることなく、ディルは尚も愛撫を続けた。

腰や脇腹を撫でていた手は徐々に下の方へと移動し、服の上から尻を鷲《わし》掴みにされた。

下腹部がむずむずしてくる。膝を摺《す》り合わせてごまかすのも、もう限界だった。

「ディル様、待って、あ……っ」

ズボンと下着を下ろされると、苦しさに喘いでいた昂ぶりが露わになった。痛いくらいに張り詰め、先端には体液が滲んでいる。

「もう濡れてる」

「……っ」

事実を指摘されただけでも、穴に埋まってしまいたいくらい恥ずかしい。好きな人に触れられているのだから仕方ないではないか。

視線から隠そうと伸ばした手を押さえられ、代わりにディルの指が自身に絡みつく。

「あっ」

その瞬間、目の前でチカチカと光りが弾けた。軽く扱《しご》かれただけで、ツェレンは欲望を爆ぜさせてしまった。

頭を起こすと、ディルの指や自分の腹部に白濁が散っていた。触れられただけで達してしまったのだとわかり、カッと顔が熱くなる。

「ごごごめんなさい！」

「どうして謝る？」

「だって、こんな……」

何か拭くものがないかと狼狽《うろた》えるツェレンをよそに、ディルは指で白濁を掬い上げた。それを足の間に塗りつけられ、ひゅっと息を呑む。

ぬるぬるとした感触を窄《すぼ》まりに感じ、体が硬くなる。いまは恥ずかしさ以上に、不安が大きい。

男同士の場合、そこを使うということは知識として知っていた。だけど、実際に直面すると本当にそんなことができるのかと恐くなる。

「あ、あの、ええと……」

「大丈夫だ。痛くならないようにする」

どうやって？　と訊く前に、指先が押し込まれた。

「ん……っ」

滑りのお陰で痛みはない。だけど、体の奥へと指が進んでいく違和感は否めない。自分の中でディルの指が蠢く奇妙な感覚を耐え忍ぶ。

目を瞑ると余計に動きを意識してしまう。目を開けて天蓋を見つめた。

「う、ン、んんっ」

一旦根元まで入り込んだ指は抜き差しの動きに変わり、二本、三本と増やされる。硬く閉じていた入り口も、いまは当たり前のように指を受け入れていた。

「んっ、ン、あ……っ」

指が引き抜かれたあとにディルが手にしたのは、肌に塗り込むための香油だ。やがて押し当てられた屹立の感触に、香油が何に使われたのか察した。

期待と不安で体が緊張する。息を呑んだ瞬間、その切っ先が入り込んでくる。

「ん……っ」

解されて少し緩んだとはいえ、異物を受け入れるようになるにはまだキツく、強引に開かれる痛みに眉を寄せる。

ガチガチに張り詰めた欲望が奥へ奥へと押し入ってくる。ディルが自制しながらも気が急いているのが伝わってくる。

衝動を抑え込めないくらい、ツェレンを求めていることが嬉しかった。

ディルはツェレンの腰を掴み、自身を奥まで捩じ込んだ。勢いよく内壁が擦れる感覚に、上擦った声が押し出された。

ツェレンの体は欲していたものを与えられた喜びに打ち震えていた。

「痛くないか？」

「……はい、大丈夫、です……」

初めはゆっくり腰を送られる。屹立に絡みつく粘膜が擦れる感触に四肢が震え、熱い吐息が零れる。

やがて、衝動を抑えられなくなったのか、ディルはツェレンを大きく穿ち始めた。

「あっ、あっ！　ぁあっ！」

内壁を抉りながら、最奥を突き上げられる。それに合わせて、甘ったるい声が喉から押し出された。

屹立を一旦引き抜かれ、再び捩じ込まれる。

「ぁああ……っ」

勢いよく内壁を抉られる快感に悲鳴じみた声を上げる。

「あっ、あ、あ、そこ、そこだめ……っ」

「ここ？」

荒々しく突き回され、惑乱する。

「や……っ、あっあ、あ、あ……！」

腰が持ち上げられ、膝が浮く。不安定になった体を、ディルは荒々しく揺さぶった。抑えきれない衝動を容赦なくぶつけられる。

痛いくらいに張り詰めて反り返った自身からは、穿たれるたびに蜜が溢れてしまう。

「あっあ、あ、もう……っ」

感じすぎてしまって苦しい。イキたいのにイケない。

ディルの逞しい背中にしがみつき、突き上げられる衝動を受け止める。

「あっ、あ、あ、ああっ」

背中に爪を立てるが、ディルには子猫にじゃれつかれたようなものだったのだろう。責め立てる勢いは変わらず、ツェレンは啜り泣くように喘ぎ続けた。

「ああっ、あっあ、あ、ああ！」

すでに限界は超えていた。思考も感覚もぐちゃぐちゃの中、ディルが息を詰めたのがわかった。反射的に腰を引こうとするディルを止める。

「やだ、このまま、して」

「ツェレン」

眉を寄せる苦しそうな表情の中、瞳だけは熱く滾《たぎ》っている。次の瞬間――。

「……ッ」

ツェレンの中で大きく欲望が爆ぜた。

「あ――」

ほぼ同時にツェレンも終わりを迎える。自分の中に注ぎ込まれる熱を感じながら、下腹部を震わせ白濁を吐き出した。

「クソ、参ったな」

ディルがそんな汚い言葉遣いをするのを訊くのは初めてだ。

「ディル様……？」

「本当に君には敵わないよ。余裕のあるところを見せたかったのに格好悪い。あんな可愛くおねだりされたら、自制なんかできるわけがないだろう？」

甘く詰《なじ》られ、困惑する。

「え、あの……？」

「責任は取ってもらおうかな」

ディルはそう囁くと、ツェレンを再び快楽の海に引きずり込んだ。

ツェレンはそっと目を開ける。ディルの瞼がしっかり降りていることを確認すると、後ろ髪を引かれる思いで温かな腕の中から抜け出した。

幸せな時間だったが、それももう終わりだ。

最後にこんな僥倖《ぎょうこう》に恵まれるなんて思いもしなかった。今夜のことを思い出に、生涯を過ごすことができそうだ。

脱ぎ捨てた服や下着を拾い、身に着けていく。釦を一番上まで留めたところで、背後から声がした。

「どこに行くんだ？」

眠っていると思ったディルの声に体を硬くする。

「明日の支度もありますから、これでお暇します」

「朝まで一緒に過ごしてはくれないのか？」

ディルはそう云って、ツェレンの腕を摑み引き戻そうとしてくる。

「……これ以上はいけません」

渾身《こんしん》の力を振り絞り、ディルの腕を払った。

このまま、夢心地の幸せに浸っていたい。だけど、現実にそれは許されないことだ。何故なら、ディルはこれから王となる。王としての義務があるのだ。

「ディル様のお気持ちは嬉しいです。身に余る光栄としか云いようがありません」

「それなら――」

「でも、こんなこと許されません。ディル様が僕のことを一人の人間として尊重してくださっているのはわかっています。でも、あなたは王族で、これから国王陛下となる方なんです。お立場を弁《わきま》えてください」

「それが何だ！　俺が君を愛することに、立場なんて何の関係がある！」

こんなふうにディルが声を荒らげるのを見るのは久しぶりだ。彼の母が亡くなったとき、家族を顧みない父親に一人憤っていたことを思い出す。

でも、彼ももうあの頃のように子供ではない。誰よりも優秀で立派な人だ。

「戴冠式を終えてから伝えようと思っていましたが、僕は侍従の職を辞そうと思っています」

「おい、何を云ってるんだ？　これからも俺を支えてくれるんじゃないのか？」

「ディル様はもう僕の支えなど必要ありません。第一、ディル様には僕なんか初めから必要なかったでしょう？」

きっと、ツェレンの居場所を作るために、わざとだらしないふりをしてくれていたのだろう。

「それは俺を買い被りすぎだ。俺は君がいないとダメなんだ」

「ご自分を信じてください。僕のディル様は完璧なお方です。しっかり休んで、儀式に備えてください。新しい国王陛下として立派な姿を国民に見せることを心より楽しみにしております」

手の届かない距離まで下がり、深々と腰を折る。臣下の礼だけは尽くさなくては。

「ツェレン！」

呼びかけに応えず、目を合わせずに部屋を出ると、後ろ髪を引かれる思いを振り切るように足早に立ち去った。

12

「はあ……」

王宮へ向かうツェレンの足取りは重かった。

あんなことをしてしまったあとで、どんな顔でディルに声をかけたらいいのだろう。昨夜は完全に酒に飲まれていた。

（ディル様があんなふうに想っていてくれたなんて――）

舞い上がるような嬉しさと共に、取り返しのつかないことをしてしまった後悔でいまにも消えてしまいたかった。

できることなら逃げ出したいけれど、辞めるにしても仕事の引き継ぎを終えるまでは職責を果たさなければならない。

戴冠式の間、ディルの身の回りの世話をするのは侍従の大事な役目だ。準備は昨日までにほぼ終わっている。

その前に王位継承の即位の儀がある。それに立ち会えるのは王家の人間と宰相、儀式を執り行う司祭だけだ。

多忙な進行をこなすため、食事は前以て控え室に用意しておく必要がある。それを受け取り運ぶのはツェレンの仕事だ。

食事を取りに調理室へ向かう途中、搬入口に人影を見た。今日は食材の搬入は一切ないことになっている。

人員が戴冠式とその後の会食のために割かれているのと、人の出入りが多く混乱をきたすため、必要なものは昨日までに揃えてある。

不審に思い、足を向ける。

（見たことのない男たちだな。新入りか？）

王宮で働いている人間の顔は全て覚えている。ここからでは顔は見えないけれど、背格好に見覚えがない。

警戒しながら近づくと、二人の会話が聞こえてきた。

「どうだ？　上手くやったか？」

「ああ、今朝予備の樽にも仕込めた。あれのどちらが使われても問題ない」

「あとはあいつがあれを口にするだけだ」

「よく近づけたな。警備も厳重だったろう」

「それは……の手引きのお陰で赤子の手を捻るようなものだったよ」

「しかし、……も上手く出世したもんだな」

「今日の日のために特に優秀なやつが養子に出されたんだ。役に立ってくれないと困る」

「……が死んだと聞いたときは振り出しに戻ったかと思ったが上手くいきそうだな。どのくらいで効くんだ？」

「一口含むだけで充分らしい。これで俺たちも日の目を見ることができるだろう」

不穏すぎる会話に背筋に震えが走る。樽というのは、今日即位の儀や戴冠式で使われる葡萄酒のことではないだろうか。

（これってディルを狙った企みってこと……？）

葡萄酒を口にするのはディルだけだ。毒を盛られたのだとしたら、彼の身が危険だ。近衛兵が近くにいないか見回すけれど、人の気配はない。

王宮の出入り口と来客を迎える正面に人員を配置しているため、裏方は手薄になっていた。

「その話、僕にも詳しく聞かせてくれないか？」

「!?」

ほとんど飾りのような剣を抜き、男たちに声をかける。

「くそっ、みんな出払ってるはずじゃなかったのか!?」

悪態を吐く男の横で、もう一人が何やら口の中で呟いている。呪文だと気づいた次の瞬間、カッと目の前が太陽のように光った。

「……っ」

一人は術師だったようだ。

眩しさに目をやられている隙に逃げられてしまった。

「どうしよう」

不審者を取り逃がしてしまった。

いまはぼんやりしている場合ではない。何が入れられたのかわからないけれど、葡萄酒を使わせないようにしなくては。

儀式に使う葡萄酒の樽は王位継承が決まってから厳重に管理されているはずだが、彼らの話が事実なら内部の誰かの手引きがあったのかもしれない。

ツェレンは弾かれたように走り出した。

（どうして、ディルが狙われるんだよ……！）

考えられる可能性は権力争いだ。

本来なら前王の子である幼い王子エルウェが継ぐのが正しい継承順位だが、彼はまだ四歳で体が弱いということもあり、ディルが継ぐことになった。

それはエルウェの母である前王妃の要請でもあったけれど、不満を持つ貴族も少なくなかった。エルウェ派の誰かがディルの排除を考えてもおかしくはない。

王宮の奥にある儀式の間に急ぐ。

「え、もう始まってる!?」

時間はまだあるはずなのに、儀式の間はもう閉じられていた。ディルに話があるから開けてくれと云うが、儀式の間へ立ち入る資格はツェレンにはない。

「すみません、閉鎖には早くないか？」

「ツェレン様。ソホル様がディンスレン様に集中してほしいからと」

「ここを通してくれ！　ディル様に伝えなければならないことがあるんだ」

「いけません。ここは通せない規則になっておりますので」

「いますぐ伝えなきゃいけないことがあるんだよ！」

「いくら陛下の親友のあなたでも、この中に立ち入る権限はありません。ディンスレン様に話があるならこちらでしばらくお待ちください」

「でも、いますぐ知らせないと危険なんだ……！」

「大事な儀式の最中だとご存じでしょう？　無茶を云わないでください」

「ああ、もう！　そんなこと云ってる場合じゃないんだよ！」

　融通の利かない近衛兵たちに苛立つ。

　規則を破ることは好きではない。だがいまは大人しく待ってはいられない。ディルの身が危険なのだ。

「不審者を見かけたんだ！　せめて、師団長には伝えさせてくれ」

「不審者!?　どちらでですか？」

「食材の搬入口だ。取り逃がしてしまったから行方を捜してくれ」

　動揺する近衛兵たちを押しのけ、祭壇の間に足を踏み入れる。

　即位の儀はすでに始まっていた。

　荘厳な雰囲気に一瞬気圧《けお》されるが、入り口付近に控えていた宰相ソホルを見つけ安心する。彼に云えば精査してくれるはずだ。

「ソホル様！　お話があります……！」

「一体何ごとだ？　ツェレン、君はここには入れる立場にない。陛下の親友だからといって、大目に見てもらえると思わないでくれ」

「いますぐ儀式を中止にしてください！」

「は？　何を云ってるんだ？」

　頭がおかしくなったのかと云わんばかりの眼差しを向けられる。

「ディル様を狙った企みがあるようなんです。王宮内で男が儀式の葡萄酒に何かを入れたと云ってたんです！　ディル様を害することが目的のようでした」

「何だって？　そいつらはどうしたんだ」

「申し訳ありません、捕らえようとしましたが見失いました。犯人を追うよりも、まずはディル様の安全の確保が第一だと思い、こちらへ急いだんです」

「葡萄酒に毒でも入れられたと云うのか？　即位が決まってから厳重に管理されていたのに、そんなことできるはずがないだろう。悪い冗談を耳にしただけでは？」

「冗談だったかもしれませんが、万が一の事態も否定できません。いますぐ儀式を中止して、」

「君は何を云ってるんだ。いまは大事な儀式の最中だってわかってるだろう？」

「もちろん、承知しています。だからこそ、慎重になるべきです！　ディル様の身に何かあれば取り返しがつきません！」

　ツェレンの訴えを真剣に受け止めてもらえない。ソホルが日和見の事なかれ主義者であることを思い出した。

「安全を確認する間、待ってもらえるだけでいいんです！」

「何の証拠もなくそんな世迷い言を云われても、即位の礼を中止になどできるわけがないだろう。まずはその男たちから何を聞いたか詳しく話せ」

「儀式の中断が先です！」

そうこうしている間に、司祭が葡萄酒の入った杯を運んできた。あの中に毒が仕込まれているとしたら、もう一刻の猶予もない。

「あとで話しますから、いまはとにかく中断を！」

「即位の儀の中断など我が国有史以来、一度もない！　証拠もなくできるわけがないだろう」

揉めていると、祭壇の前にいたディルが気がつき振り返る。

「おい、何の騒ぎだ！」

「何でもありません。大変失礼しました！」

ソホルは通る声でディルに返したあと、小声で警備兵に命じる。

「彼は何か混乱しているようだ。医務室に連れていけ。暴れるようなら拘束してもいい」

「医務室？　離してください！　僕は混乱なんかしてない！」

ここで屈してしまい、ディルの身に何かあったら後悔だけではすまない。不敬罪に問われ、投獄されることになったとしても構わない。

ディルが体の向きを変えて近寄ってきた。

「何でもありません。ちょっとした手違いがありましたが、何の問題もありません。儀式を続行してください」

「だったら、何をそんなに揉めて――ツェレン!?　君がどうしてここにいるんだ？」

「ディル様……！」

「ツェレンから手を離せ。金輪際、彼に乱暴を働くな」

「はっ、大変失礼いたしました」

ディルの指示に、近衛兵たちが引く。掴まれていた腕や肩が痛むけれど、いまはそんなことを気にしている場合ではない。

「ツェレン、こんなところに来るなんて何かあったのか？」

「ディル様、あなたの身に危険が迫っているんです……！」

「危険？　それはどういうことだ？」

「それは――」

説明しようとした途端、ソホルが割って入ってくる。

「ディンスレン様、ツェレン様は不安を抱いているだけです。緊張が高まると、誰でもありもしない不安に怯《おび》えることがある。風の音が獣の鳴き声に聞こえるようなものです」

好き勝手なことを云われ、腹が立つ。

（どうしてソホル様は即位の儀を中断したくないんだ？）

ほんのひととき、葡萄酒の樽を確認すればいいだけだ。万が一があったほうが、国の命運にも関わるというのに。

「しかし、ツェレンがそれほどまでに不安がるなんてただごとではない。一体、何があった？」

「さっき耳にしたんです。儀式に使う葡萄酒に何かを入れたというのを。声の主は見失いましたが、念のため葡萄酒を取り替えてください！」

ディルが耳を傾けてくれているうちに説得しようと必死に訴える。

「葡萄酒は私の管理下で保管されていました。君は私の責任を問おうというのか？　侮辱も甚だしい。君の思い込みだけで国の命運を左右する大事な儀式を中断できるわけがない！」

「落ち着け、ソホル。ツェレンにそんなつもりはないだろう。きちんと精査すべきだ」

「何の証拠もなく、国の大事な儀式を中断するわけにはいきません」

押し問答が続く。

実際、何もなければいいが万が一のことがあったら取り返しがつかない。

「ツェレン、本当に何の証拠もないのか？」

「申し訳ありません、会話を聞いたのは僕だけなので……」

提示できる証拠がなく歯噛みする。あのとき、男の一人だけでも捕まえられていたら話は早かったかもしれない。

ツェレンのほうも怪しい企みを小耳に挟んだだけだから証拠がない。ディルは無条件にツェレンの云うことを信じてくれるが、他の人たちを納得させるのは簡単ではない。

（証拠があればいいのか……！）

そのとき、ツェレンは一つの方法を考えついた。

問題は、葡萄酒に毒が入っているかどうかだ。

中味を調べるにはある程度の時間がかかるし、葡萄酒を樽ごと取り替えたとしても、新しい葡萄酒に何も混入していないとも限らない。

だが、一つだけすぐに結果が出る方法がある。ツェレンは覚悟を決めた。

どちらに転んでも自分には悪い結果しかないけれど、ディルを守れるのならそれ以上の喜びはない。

「僕が証明します！」

ツェレンは自分を拘束していた近衛兵を突き飛ばし、祭壇で不安げな表情をしている司祭の元へと駆け寄った。

「ツェレン!?」

「……っ」

司祭が手にしていた金色の盆の上から、金属製の杯を奪い取る。そして、それを一息に飲み干した。

「何を考えて――」

「これで僕が何ともなかったら、僕を逮捕して儀式を続ければいい。もし僕の具合が悪くなったりしたら――う……！」

突然、吐き気が込み上げてきた。なのに、吐き出したくても吐き出せない。不快感が体の中で暴れ回り、立っていられなくなった。

「ツェレン、いますぐ吐き出せ！」

膝をつき、胸を掻きむしるツェレンの元へディルが駆け寄ってくる。

「本当に毒が入っていたのか……！」

近衛師団長が呆然《ぼうぜん》と呟く。

ディルはツェレンの口の中に指を突っ込み、無理やり嘔吐《おうと》させる。

「ぐは……っ、ごほっ、ごほっ」

赤紫色の液体が吐き出されたけれど、激しい目眩は変わらなかった。脳を直接握られ、揺さぶられているような激しい不快感が続く。

ただの毒ではないと、本能的に感じ取った。体の反応以上に、精神が浸食されている。

（頭の中に何かが入ってくる）

じわじわと潮が満ちていくように、心の中に闇が広がってくる。意識を失うのではなく、少しずつ自我が削られていっているようで、底知れない恐怖がツェレンを襲う。

それと同時に安堵もしていた。

ソホルたちに押し切られて儀式が続いていたら、この葡萄酒をディルが飲むことになっていた。最悪の事態だけは免れることができて幸いだった。

「すぐに医者を呼んでこい！　葡萄酒の樽を確保し、中味を精査するんだ」

「はっ、ただいま！」

指示を受け、近衛師団長は弾かれたように駆け出していった。

「まさか、ツェレンの云うことが本当だったとはな。王宮の出入り口を閉鎖しろ。ネズミ一匹逃がすんじゃないぞ」

ソホルは慌てる様子もなく、冷静かつ鋭い声でそう命じる。

「しっかりしろ、ツェレン。いま医者を呼んだからな」

「ディル…様……」

「何だ、ツェレン？」

「ディル様が……口にしなくて、よかった……」

「……っ」

「立派な…王になってください……あなたの幸せを……心から——」

祈っております。

最後の言葉を紡ぐことのできぬまま、ツェレンは意識を手放した。

13

瞼を持ち上げると、見慣れた天井が目に入った。窓から差し込む光りの方向を考えると、朝ではないようだ。

「……僕の部屋？」

自分の部屋と云っても、ディルが別荘として使っている屋敷の一室だ。客間をツェレン専用にしてくれている。

(我ながらよく意識を失うな)

苦笑いを浮かべながら体を起こす。長い時間寝たあとのようなすっきりとした目覚めだった。

人を呼びにいこうと寝台から足を下ろしたところで、ディルが部屋に入ってきた。

「ツェレン！　目が覚めたか……！」

「ディル様もそんな情けない顔をするんですね」

いまにも泣き出しそうな笑顔にこちらまで泣きそうになる。見栄も虚勢もない素の表情が堪らなく愛しかった。

「それは仕方ないだろう——ツェレン、やっぱり記憶が戻っているのか？」

ディルはツェレンの丁寧な口調から以前の記憶が戻っているとわかったようだ。

ツェレンの隣に腰を下ろし、しげしげと顔を見つめてくる。

「全部、思い出しました」

少し前まで頭の中に満ちていた靄は綺麗に消え、失っていた記憶も戻っている。

記憶が戻ると失っていた期間のことを忘れてしまうこともあるようだが、その間の記憶もしっかりと残っていた。

ただ、長い夢を見ていたような気分だ。

立場も柵《しがらみ》もない状況で、純粋にディルを想う日々は幸せ以外の何物でもなかった。

「体の具合はどうだ？　気持ちが悪かったり、怠かったりしないか？」

「よく眠った日の朝みたいにすっきりしてます」

「おかえり、ツェレン」

自分が何者かもわからずに右往左往していたのはツェレンのほうなのに、ディルのほうが迎えにきてもらった迷子のような顔で微笑んだ。

「いま、ソホル宰相は……」

「捕らえてある。逃亡の算段をしているだろうから、塔の上の独居房に留置した。一般の留置場だと、見張りの兵士や他の者たちが操られかねないからな。先立って捕らえた実行犯が死んだのも自害ではなく、彼が毒を盛ったんだろうと見ている」

「仲間なのにそんなことをしたんですか？」

「仲間の命ですら、手駒の一つということだろう」

「彼のことをずっと疑っていたんですか？」

「ああ、そうだ。どう考えても、彼しか葡萄酒に近づく手引きはできない。だが、なかなか尻尾を出さなくてな。証拠を押さえるのに時間がかかってしまった。捜査の過程で、ソホルは養子で元の家は呪術師の家系だとわかったんだ。一時は王族を凌《しの》ぐほどの隆盛を誇っていたが、国家への奉仕を拒み、家名よりも自分たちの理念に準ずることによって表舞台からは姿を消した一族だ」

「そういえば、僕が見かけた男たちは『俺たちも日の目を見ることができる』と云っていました」

王族に一矢報いて、再び表舞台に――それが一族の悲願だったのだろう。

「貧しい商家を装っていた生家から、その優秀さを買われて侯爵家へ養子に迎えられたらしい。王立大学校でレヴと同期になって主席で卒業したのは君も知っているだろう？　要職をいくつか経たあと、レヴの右腕として宰相となったわけだが、恐らくずっと権力の座を狙っていたんだろうな」

「とても優秀な方でしたもんね」

「ああ、本当にもったいない人材だよ。レヴの信頼を得ていることを利用して、ある組織に利益誘導をしていることが判明した。まずはその組織から手入れをしようとしていた矢先、ツェレンがいなくなったという連絡を受けたんだ。すぐに捜索を命じると、ツェレンの名を騙る不審人物が現れたという報告が上がってきた」

「それって――」

偽者を疑われ、追われたときのことを思い出す。いま考えるともっと上手いやり方があったとは思うが、記憶のない時分では他に手段がなかった。

「すぐにそれは本人だから保護しろと命じたんだが、逃げ足が速くて追いつかなかったらしい」

「……すみません」

「勘違いをした者には注意をしておいた」

「そんな！　僕が身分を証明するものを何も持っていなかったのがいけなかったんです」

「だとしても、国民に対して威圧するような態度で接していいわけがない。特に困っていて助けを求めてきたというのに、職務を何だと思っているんだ。近衛は国王のためだけにあるわけじゃない。国民の平穏な生活を守るのも立派な使命だ」

　熱く語るディルに驚いた。やむなく王位に就くのだ、こんな地位望んでいないとしきりに云っていたけれど、それは自分の理想の高さの裏返しだったのだろう。

（やっぱり、ディル様は王となるべく生まれてきた人だ）

　改めて誇りに思う。

「すまない、話が逸《そ》れたな」

「いえ、素晴らしいお考えだと思います。でも、どうして僕がソホル様の家にいるとわかったんですか？」

「君を保護するために探させていたんだ。そうしたら、ソホルの屋敷の近くで君が目撃されたと報告がきた。その後の足取りを掴むことはできなかったが、彼に捕らえられていたとしたら一刻の猶予もない。逮捕にはまだ時期尚早だという声もあったが、その躊躇いが危機を招きかねない事例が少し前にあっただろう？　そう説得して踏み込んだんだ」

「――――！」

即位の儀のときのことを思い出す。あのときのツェレンの選択が一つでも違っていたら、いまごろディルは傀儡となり、政権はソホルに握られていたかもしれない。

まさに間一髪のところだった。

「あいつは口を噤んでいるが、証拠品から呪術薬の解明も進んでいる。あれは殺害を狙ったものではなく、飲んだ者を意のままに操る術がかかっていたようだ」

「人間を意のままに……恐ろしい術だったんですね。でも、僕にはそんな効果はなかったですよね？」

記憶を失っていたことと眠っている間にふらふら出歩くということはあったが、誰かに操られるような感覚はなかった。

「対象とは違う人物――ツェレンが口にしてしまったために思わぬ作用をしたということだ。君の意志が強かったことで術の力と拮抗《きっこう》し、その副作用として記憶が封じられたのではないかとの見解だ」

ソホルはツェレンに別の誰かになりたいのではと云っていた。

ディルに恋い焦がれる苦しい気持ちを忘れるには、出逢いをなかったことにするしかない。だから、何もかも忘れてしまいたかったのだろう。

「眠っている間の行動は、術の残滓のようなものだったんじゃないかと云っていた。意識がない間は君の抵抗も弱まり、術師であるソホルに引きつけられていたんだろう。彼の使っていた香も効果を高めるためのものだったようだ」

「だから、あの香りを嗅いだ瞬間に眠くなったんですね」

記憶がなかったとはいえ、思い出したいからと先走ってしまったことを反省する。

「迷惑をかけてしまって申し訳ありません」

「無謀な行動については云いたいこともあるが、ツェレンのお陰で逮捕できた。ソホルの犯行を裏づけるのは君の存在だ。それより俺も謝らないといけないことがある」

「え？」

「君の気持ちを考えず、頭ごなしに押さえつけようとしたのは悪かった、反省している」

頭を下げられる。

「謝らないでください！　ディル様は何も悪くありません。僕が考えなしだったんです。本当に短絡的でした……」

焦るばかりに何か行動したいと思って抜け出してしまったけれど、記憶が戻ったいま浅慮だったとしか云いようがない。

「いや、きちんと不安を受け止めるべきだった。俺自身、身勝手な願望を抱いていたから後ろめたかったのかもしれないな」

「身勝手な願望？」

ディルが口にした不可解な言葉に首を傾げる。

「即位の儀の前夜のことを覚えているか？」

「――――」

忘れられるはずがない。だからこそ、自分は記憶を封印したのだから。

「あの夜、俺は玉砕するつもりで君を呼び出したんだ」

「え？」

「俺はずっと君を愛しく思っていた。友情でも家族の情でもなく、恋い焦がれていたんだ。それらしいことを云っても、君には軽くあしらわれるばかりだったから片想いだと思ってた。君の俺への気持ちは忠誠心と友情だろうってね」

「いや、あの、それはその……」

「だから、あのとき君から好きだと云われて、舞い上がるくらい嬉しかった。君が酔った勢いで云うつもりのないことを口にしたんだとわかっていてもね。だから、後先考えずに君を抱いた」

「……！」

常に冷静沈着で理性的なディルとは思えない発言にびっくりする。

「あんなふうに焦るべきじゃなかった。もっと君の気持ちを考えて段階を踏むべきだった。これ以上ないほどの幸せに浸っていたのに、君から国王になった自分の傍にはいられないと云われて愕然としたよ」

「あの、あれはその――」

「君の気持ちは理解している。俺のために身を引かなければならないと思ったんだろう？　だから、君が記憶を失ったと知ったとき、このまま身分を隠しておけば何のしがらみもなく愛してもらえるんじゃないかって思ったんだ。そうすれば、世俗から隔離して自分たちだけの生活が続くんじゃないかって」

「ディル様――」

「卑怯《ひきょう》なことを考えてしまってすまなかった」

ディルは再び頭を深々と下げた。

「顔を上げてください！　僕だってずるかったんです。ディル様の気持ちに甘えて、最後の思い出に抱いてもらいたいなんて思ってしまって。ああしてお別れを告げるなら、甘えるべきじゃありませんでした」

「そうは云っても、あの場で拒まれていたらそれはそれで傷心だっただろうな」

肩を竦め、冗談めかした云い方をしてくれるのは、ツェレンの気持ちを軽くしようとしてくれているからだろう。

「俺が王位になんか就きたくなかったことは君も知っているだろう？　可能なら避けたかった。一国の王ともなれば、〈私〉よりも国民を尊重しなければならない。だけど、俺には自分以上に大事な存在がいる」

「……！」

「だから、王位に就く条件として妻を娶らないことを承諾させた」

「え!?」

「考えてもみろ。俺にツェレン以外の誰かと一生を共にすることなどできるわけがない。王位は甥が成人するまでの代理のつもりだし、こうなる前から女性を妻に娶って子供を作る気なんてなかったからな。心の通じない相手と添うくらいなら、独り身でいたほうがずっといい」

「……卑怯なのは僕も同じです。ディル様の傍を離れようと思ったのは自分のためなんです。この先、あなたが結婚して、僕以外の誰かに微笑みかけるところを見たくなかったから」

記憶がなく、何のしがらみもない状況で無邪気にディルと過ごした日々はただ一緒にいられることが嬉しい子供の頃のようで幸せだった。

けれど、これまでの思い出やディルの背負うもの全てをひっくるめて彼であり、その彼が自分を必要としてくれているのなら一緒に背負いたい。

ディルが何者でも傍にいたいと強く思う。

「ずっと傍にいてくれ。俺を支えてほしい」

記憶を失っている間、以前には気づくことのなかったディルの孤独や不安を目にした。自分自身もディルに再び恋をして、気持ちを再確認した。

どこかの国の姫を娶り、子供を作って幸せな家庭を作ってほしい——それはツェレンの身勝手な願いだったと反省した。

「……はい、喜んで」

ディルの顔が近づいてくる。薄く開いた唇に視線が吸い寄せられる。そっと目を閉じると、柔らかく唇を押し当てられた。でもそれはすぐに離れていってしまう。

「え？」

「すまない。さすがに今日は自制すべきだろう？　触れていると我慢が利かなさそうだ」

「我慢なんかしなくていいです」

「無理に気遣わなくていいんだぞ」

「そうじゃなくて、その、僕がしてほしいから……」

顔が火を噴きそうに熱い。消え入りそうな声で気持ちを告げる。

「本当にいいんだな？」

顎に手をかけられ、恥ずかしさで俯いていた顔を持ち上げられる。再び近づいてきた唇に目を閉じかけ、まずいことに気がついた。

「や、やっぱり待ってください！」

「そうだな、やめておこう」

「そうじゃないんです！　いっぱい歩いて埃っぽいし、汗臭いから……」

茶器を落としたときに手についた煎じ薬の苦い匂いも残っているような気もする。

「そんなこと気にする必要ないのに」

「僕は気になるんです！」

汗臭い埃まみれの体に触れさせるわけにはいかない。

「それなら、いい方法がある」

「え？」


また二人で風呂に入る日が来るなんて思いもしなかった。

無邪気だった子供の頃は何も感じなかったのに、いまや体を洗われるだけでよからぬ感覚が湧き上がってくる。

全身を丸洗いされたあとにはどうしようもない状態になっていた。それを見逃してくれるディルではなく、浴槽に入ったままの状態で口淫をされることになってしまった。

「あ、あ…ぁあ……っ」

飴玉《あめだま》のように先端を舌の上で転がすように舐められたあと、喉の奥まで屹立を呑み込まれる。

ねっとりと全体に舌を絡められたかと思えば、気まぐれに吸い上げられ。口をすぼめて唇の裏で擦られる感触も堪らず、嬌声を零した。

達してしまいそうになるたびに刺激を弱められ、もどかしさが募る。そんな歯痒さをやりすごそうと、ディルの髪に指を差し込み、掻き回す。

「ぁあっ、あ、や、もう……っ」

終わりにしてほしい。そんなツェレンの願いを知ってか知らずか、ディルは香油を纏わせた指で後ろを探し始めた。谷間をなぞり、尻を左右に開かれる。

「……っ、や、だめ、あ、あっ……」

窄まりに指先を押し込まれる。浅い抜き差しを繰り返され、膝がガクガクと震える。

奥まで埋め込まれた指が中で蠢く。ぬるぬると擦られながら粘膜を押し開かれ、堪らず訴える。

「ディル様、おねが…します……もう許して……っ」

恥ずかしいと躊躇っている余裕などなかった。ツェレンの限界を察したのか、ディルはやっと欲しかった刺激を与えてくれた。

「やっ、あ、あ、ぁあ……っ」

一際強く吸い上げられ、頭の中が真っ白になる。ツェレンはディルの口腔に欲望を放っていた。そのままキツく吸われ、残滓まで奪われてしまう。

「あっ……！」

ぎりぎりで保っていた緊張の糸が切れ、かくん、と膝が折れてしまう。ツェレンはお湯の中にへたり込んだ。

ディルに抱き留められ、縋《すが》るようにして荒い呼吸を落ち着ける。いきなりこんな刺激の強いことをされるなんて思わなかった。

強すぎる快感は人を混乱させるのだと、身を以《も》って思い知った。

ぐったりしていると、脇の下に手を差し込まれて持ち上げられる。

「え？」

「いまのでおしまいだなんて思ってないよな？」

膝の上に抱え上げられ、胡座を搔いたディルを跨ぐ体勢にさせられる。

「！」

しつこく解されたその場所に熱く硬いものが触れた。ディルがどれほど耐えていたかと思い知り、申し訳なく思うと同時に、ツェレンの体は期待に熱くなった。

（はしたない）

そう恥じ入りながらも、次の行為を想像してしまう。

「いい？」

短い問いかけにこくんと頷くと、切っ先は抵抗感もなく、ぐぷりと入り込む。

「あ」

自重で体が沈み、深い場所までディルのそれを呑み込んでいった。異物が入り込んでくる違和感に息を呑むも、ツェレンの体は歓喜に震えていた。

香油をたっぷり塗り込まれたそこは、難なく昂ぶりを受け入れる。その刺激だけで、ツェレンの下腹部は甘く痺れた。

粘膜が直に触れ合う気持ちよさが堪らない。怒張がツェレンの中で、力強く脈打って自己主張している。

「んっ、あ、あっ」

腰を掴んで前後に揺さぶられ、繋がり合った部分が収縮した。擦りつけるような腰の動きに合わせ、水面が大きく揺れる。

「あっ、ん、んん……っ」

もっともっと強い刺激が欲しい。思わず縋るような眼差しを向ける。すると、逆に課題を与えられた。

「自分でも動けるか？」

「え？　そんなこと……」

ただでさえ快感に四肢が麻痺しているのに、自分で自分を動かすなんてできそうにない。

「大丈夫、一緒にすればいい」

勉強を教えるときのディルは、優しくも厳しかったのを思い出した。自分で考えるよう指導され、ツェレンなりの答えを出すと間違っていても褒めてくれた。

「俺に君の好きなところを教えてくれ」

「……はい」

ディルにそう云われては、否とは云えない。意を決し、浴槽の縁を摑んで力の入らない腰を前後に揺する。

「んっ、う、んっ」

呑み込んだ屹立をがっちりと咥え込んでいるせいで、思ったように動けない。ディルも腰に添えた手で動きを助けてくれるけれど、まだ欲しい刺激には物足りない。

「上手く、できな……っ」

「そんなことない、上手にできてる」

「ほんと……？」

優しく褒められ、嬉しくなる。気をよくしたツェレンは足に力を入れ、動きが大きくなるように腰を振る。

「んっ、ぅ、あ……っ」

少しだけ中が緩み、内壁が擦れて気持ちいい。さらに動きを大きくするも、それでも物足りない。

足に力を入れ、腰を浮かす。

ツェレンは必死に体を持ち上げたあと、さっきのように腰を落とした。

「ぁああっ」

一息に内壁を擦り上げられる感触が堪らない。お湯の浮力を使って、深々と穿たれた体を繰り返し上下に弾ませた。

ディルはツェレンの胸元を戯れに弄《もてあそ》んだ。硬く尖ったそこを指の腹で撫でられる感触にむず痒さを覚える。

「あっ、あ、ぁん……っ」

内壁が擦れ、最奥が穿たれる感覚に体が蕩けていく。ツェレンは欲していた刺激が得られ、夢中になって快感を追った。

ディルはツェレンの尻を掴み、その動きを補助してくれる。

動きの激しさにお湯がばしゃばしゃと暴れ、湯船の外に溢れている。お互いに呼吸が上がり、与え合う感覚だけをひたすらに追った。

「ああ、あっ、あ、あ——」

ディルの頭を掻き抱き、絶頂の余韻をやり過ごす。甘い痺れが和らいできてやっと、腕を緩めることができた。

すぐそこにあったディルの目と視線がかち合った。激しかった行為とは裏腹に、優しく甘く蕩けるような視線に笑ってしまう。

「ツェレン？」

子供の頃から優しくて過保護で世話焼きだったけれど、誰よりも我が儘で欲しがりな人だったことを思い出した。

そんな彼にとっくの昔に身も心も捧げていたことも。

「ディル様、愛してます」

ディルはツェレンの告白に目を瞠ったあと、破顔する。

ツェレンは彼の言葉を待つことなく口づけた。いま欲しいのは言葉ではない。何もかも奪い去られるような口づけに身を委ねた。

14

記憶が戻り、以前と同じような日常が始まった。

ツェレンにかかっていた呪術は完全に解除された。術師と触媒さえわかれば、そう難しいことではないそうだ。

あの日、ソホルの屋敷で無理やり飲まされそうになっていたのは、新たな呪術薬だったようだ。

ツェレンが記憶を取り戻すことを恐れたソホルは、ツェレンの記憶そのものを奪い去るつもりだったらしい。

殺してしまえば処分に手間がかかるが、何もかも忘れさせて抜け殻のようにしてしまえば警戒する必要もなくなる。

ソホルは幽閉されることが決まり、一族も監視下に置かれることになった。いまは政情も落ち着いている。

「素敵な式でしたね！」

「ああやって皆の前で誓うのもいいものだな。堅苦しすぎず、二人とも幸せそうだった」

いま、初めての外交として友好国に招かれている。さっきまで参列していたのは、皇子たちの結婚式だ。

二国の皇子と王子が婚姻を結ぶというのはいままでにない例だが、美しく幸福感に満ちた式で、参列しているだけで温かい気持ちになった。

（来てよかった）

侍従として連れてきてもらったのだが、礼服を身に着けたディルは凛々《りり》しくも男らしく、朝からずっと見蕩れていた。

用意してもらった部屋に戻った途端、ディルは礼服の釦に手をかける。

「しかし、こういう格好は肩が凝るな。早く脱いでしまいたい」

「えっ、もう脱いじゃうんですか⁉」

すぐに礼服を脱ごうとするディルに思わず大きな声を出してしまった。できることならもっと眺めていたい。

「なるほど、君はこういう格好に弱いのか。いいことを知った」

「あっ、いえ、その、ディル様は何を着てもお似合いです」

「服装一つで惚れ直してもらえるなんて安いものだな。俺たちの式では気合いを入れて礼装を仕立ててもらおう」

「俺たちの式？」

「いつにする？　帰ったら大臣たちとも日取りを相談しないとな」

「そうじゃなくて、式って結婚式ってことですか？」

「他に何があるんだ？　結婚してくれるんだろう？」

困惑するツェレンに、ディルは逆に不思議そうな顔をしている。

「け、結婚って！」

「喜んでって返事してくれたじゃないか」

「え、あれは傍にいてくれって……」

恋人として共にいられるだけで充分すぎるほど幸せだ。それ以上のことは望んでいない。結婚なんて大それたことは考えていなかった。

「求婚のつもりだったのに、ツェレンにはそんな気はなかったんだな。俺はツェレンに伴侶になってもらいたかったんだが……」

落ち込んだ顔を見せるディルに慌てる。落ち込ませたいわけではない。

「そんなことありません！　ディル様の伴侶となれるなんてこれ以上の幸せはありません」

ディルは国王、ツェレンは一貴族にすぎない。本来なら他国の姫君を娶るべき立場だという意識がどうしても抜けきらない。

（恋人として傍にいるのもおこがましいくらいなのに……）

恋人なら周囲に隠しながらつき合っていけばいい。だけど、伴侶となり結婚式を挙げるとなると、国民にまで広く知られてしまう。

「気を遣わなくていいんだぞ」

「気を遣っているわけでは！　結婚式もディル様が挙げたいとおっしゃってくれたことは光栄です。ただ、その、驚いてしまって……」

「じゃあ、構わないな？」

「いや、あの、それはさすがに……」

ディルは完全に浮かれている。落ち込んでる様子は演技だったようだ。冷静さも失っているかもしれない。

我が国では同性の婚姻が認められて久しいけれど、国王が同性を伴侶に迎えた例はない。いきなり何もかも公にしては、反発を生みはしないだろうか。

「どうしてだ？　国民に祝福してもらいたくないのか？」

「その、祝福されるかどうかわかりませんし……」

「ツェレンは我が国民を信頼していないのか？　国王の伴侶にケチをつけるような人々ではないはずだ」

「……！」

揺るぎない国民への信頼を盾にされては否定することもできず、押し黙る。

「結婚したら、またディルと呼び捨てにしてもらいたいな」

「それも無理です！」

記憶が戻ってから、ディルはツェレンに呼び捨てにさせようと躍起になっている。長年の習慣は簡単には変えられない。

「少しずつ練習していけばいい。ほら、呼んでみて」

「ディ……やっぱり無理！」

それだけで真っ赤になってしまう。ディルはこちらの反応を楽しんでいる節がある。

——大好きだよ、ディル。

記憶を失っていたときのもう一人の自分が、心の中でそう告げる。

もっと素直になれるよう、あのときの自分を見習わなくては。

「……れ、練習するから待っててください」

「楽しみにしてる」

ツェレンのお願いに、ディルは嬉しそうに相好を崩した。

あとがき

初めまして、こんにちは。藤崎《ふじさき》都《みやこ》です。

この度は拙作をお手に取って下さいましてありがとうございます！

昔から記憶喪失ものが大好きなんですが、最近は某ドラマを見てやっぱりいい！　と再燃しまして、自分でも一度書いてみたいという思いから、このお話を考えてみました。

自分は忘れてしまっているのに相手から強い感情を向けられて戸惑ったり、逆に相手が自分のことを覚えていないから気持ちを押し殺して接したり、感情のすれ違いがときめくんですよね！

記憶を失うのも、受（主人公）の場合と攻（相手）の場合がありますが、今回は主人公に改めてドキドキしてもらいたくて受パターンにしてみました。

記憶を失う以前の自分に嫉妬したり、コンプレックスを抱いたりするのも醍醐味だったり――今作のツェレンには、ずいぶん苦労をさせてしまいましたが、最後まで楽しく書かせていただきました。

実は原稿を書いている間は前半部分でディルが国王だとわからないよう、かつ匂わせつつ書こうと頑張っていたんです。

でも、タイトルをつけるときに「やっぱりわかりやすいものがいいですよね？」と相談した結果、タイトルでネタバレになってしまったことに自分でちょっと笑ってしまいました（笑）。

どう考えても怪しいのに全く気づきもしないツェレンに、ツッコミを入れながら読んでいただけてたら幸いです。

ファンタジーが舞台の作品はまだ数本目でして、頭の中にある世界観を文章にするのは本当に難しく、四苦八苦している最中です。

でも、新たな世界を書くのはとても楽しいので、また機会があるといいなと思っております。

最後になりましたが、お世話になりました皆様にお礼を書かせてください。

前任の担当さまには、プロットから手取り足取り相談に乗っていただきありがとうございました！

新しい担当さまにも最初からお手数をおかけしてしまって申し訳ありません……。まだまだ精進していきたいと思いますのでどうぞよろしくお願いします。

そして、端正で美麗なイラストを描いてくださった北沢《きたざわ》きょう先生、本当にありがとうございました！　お仕事ご一緒できて光栄です……！
この本をお手に取って最後まで読んで下さった皆様、ありがとうございます！
ひとときの息抜きになっていれば幸いです。
よろしければ一言で構いませんので、ご感想などお聞かせいただけると嬉しいです。
それでは。またいつか、どこかでお会いできますように！

二〇二三年六月　　藤崎　都

LYNX ROMANCE

小説原稿募集

リンクスロマンスではオリジナル作品の原稿を随時募集いたします。

募集作品

リンクスロマンスの読者を対象にした商業誌未発表のオリジナル作品。
（商業誌未発表のオリジナル作品であれば、同人誌・サイト発表作も受付可）

募集要項

＜応募資格＞

年齢・性別・プロ・アマ問いません。

＜原稿枚数＞

４５文字 ×１７行（１枚）の縦書き原稿、２００枚以上２４０枚以内。
※印刷形式は自由。ただしＡ４用紙を使用のこと。
※手書き、感熱紙不可。
※原稿には必ずノンブル（通し番号）を入れてください。

＜応募上の注意＞

◆原稿の１枚目には、作品のタイトル、ペンネーム、住所、氏名、年齢、電話番号、メールアドレス、投稿（掲載）歴を添付してください。
◆２枚目には、作品のあらすじ（４００字～８００字程度）を添付してください。
◆未完の作品（続きものなど）、他誌との二重投稿作品は受付不可です。
◆原稿は返却いたしませんので、必要な方はコピー等の控えをお取りください。
◆１作品につき、ひとつの封筒でご応募ください。

＜採用のお知らせ＞

◆採用の場合のみ、原稿到着後６カ月以内に編集部よりご連絡いたします。
◆優れた作品は、リンクスロマンスより発行させていただきます。
原稿料は、当社既定の印税でのお支払いになります。
◆選考に関するお電話やメールでのお問い合わせはご遠慮ください。

宛　先

〒151-0051
東京都渋谷区千駄ヶ谷４−９−７
株式会社　幻冬舎コミックス
「リンクスロマンス　小説原稿募集」係